作 / 者 / 介 / 绍 /

让-保尔·卡拉卡拉(Jean-Paul Caracalla 1921-)，
法国作家、出版家，"双叟"奖评委会秘书长，德诺埃尔
出版社审读委员会成员。1951年主持《旅行杂志》，发
表桑德拉尔、保尔·莫朗、米歇尔·德翁等人的作品；
1976年成为卧铺车厢公司新闻部主任，主要作品有《蒙
帕纳斯的流亡者》《国王与总统的列车》《拉开帷幕——
巴黎私人剧院史》等。1985年，其《东方快车：一个世
纪的铁路历险记》获法兰西文学院文学奖。

蒙帕纳斯，粗犷、自由甚至可以说是疯狂的天堂。

——约瑟夫·凯塞尔

蒙帕纳斯的黄金岁月

（法）让-保尔·卡拉卡拉◎著

彭怡◎译

Montparnasse, L'âge d'or

Jean-Paul Caracalla

海天出版社（中国·深圳）

图书在版编目 (CIP) 数据

蒙帕纳斯的黄金岁月 / (法) 卡拉卡拉著；彭怡译
. — 深圳：海天出版社，2016. 1
（左岸译丛）
ISBN 978-7-5507-1533-2

Ⅰ.①蒙… Ⅱ.①卡… ②彭… Ⅲ.①文化史－法国
Ⅳ.① K565.03

中国版本图书馆 CIP 数据核字 (2015) 第 295938 号

版权登记号　图字 19-2013-171
Montparnasse, L'age d'or
Jean-Paul Caracalla
© Éditions de La table ronde, 2005

蒙帕纳斯的黄金岁月
MENGPANASI DE HUANGJIN SUIYUE

出 品 人	聂雄前
责任编辑	胡小跃
责任校对	陈少扬
责任技编	蔡梅琴
装帧设计	蒙丹广告

出版发行　海天出版社
地　　址　深圳市彩田南路海天综合大厦 (518033)
网　　址　http: www.htph.com.cn
订购电话　0755-83460202(批发) 83460239(邮购)
设计制作　深圳市蒙丹广告有限公司（电话：0755-82027867 ）
印　　刷　深圳市新联美术印刷有限公司
开　　本　787mm×1092mm　1/32
印　　张　5.75
字　　数　100 千
版　　次　2016 年 1 月第 1 版
印　　次　2016 年 1 月第 1 版
定　　价　32.00 元

目 录

日落右岸大道

1917年5月2日，当欧内斯特·拉热内斯去世时，右岸的林荫大道①也差不多完了。欧内斯特长得人高马大，上衣的扣子往往一直扣到脖子，里面不穿衬衣，"他穿着兔羊皮商人的那种奇装异服，又难看又猥琐"（雷翁·都德语）。他丑陋，满脸胡子，声音嘶哑，扁平脚，每个手指上都戴着一颗花花绿绿的钻石大戒指，蓬乱、不驯的头发上压着一顶小小的毡帽。他是个作家，也是刻薄的评论家，经常写一些逗笑的仿作：《深夜》、《当代名人的烦恼与灵魂》等。

原文 "Le crépuscule du Boulevard"（大道的黄昏）系作者的一个文字游戏，让人联想到美国影片《日落大道》(Le crépuscule du Boulevard, 1950)，这部黑色电影以横穿洛杉矶和比华利山的同名著名大道命名，由比利·怀德执导和编剧。

---

① 指右岸的一些著名大道，如"好消息大道"、"蒙马尔特大道"、"意大利人大道"、"渔妇大道"等，那里曾云集着许多咖啡馆、酒吧、饭店和戏院。

20 世纪初的蒙帕纳斯车站

拉热内斯负责《日报》的学术专栏，亲自给自己的栏目画一些滑稽的漫画。人们每天都看见他在"红衣主教"读报纸，在"大U"吃中饭，下午在"碗吧"潦潦草草地写东西，在那家荷兰酒吧里喝他喜欢的斯基达努酒，晚上则到"拿波"（"拿波里人"）喝开胃酒。在那里，"卡图尔的桌子"（指作家卡图尔·芒代斯）四周，围坐着儒勒·雷纳尔、乔治·库

1912 年的拉热内斯

特林、让·莫雷阿、艾弥尔·贝热拉、乔治·费多，当时的另外几个精英也在那里来来往往。他在亚德丽安·海布拉尔和保尔－让·图莱的陪伴下，在荷尔德路的"日报"酒吧度过他的夜晚……他的死敲响了右岸林荫大道和文学咖啡馆的丧钟。

当时，塞纳河两岸的战争尚未爆发。"拿波里人"和"丁香园"斗起来力量就太悬殊了。让·莫雷阿跑到了左岸圣米歇尔大街的"瓦歇"，有个爱好文学的年轻外交官让·吉罗杜经常去那里；奥斯卡·王尔德，一个被废黜的风流人物，可怜兮兮地从塞纳河的一边跑到另一边；库特林在远离蒙帕纳斯的地方，心想着以后不能再去特鲁丹纳大街的"钉子客栈"打牌了；忧郁的乔治·费多则焦急地坐在马克西姆酒店铺着红丝绒的长凳上等待。

　　美学和文学讨论非常激烈的"托托尼"、"布雷邦"、"英国咖啡馆"、"金色小屋"、"马德里"、"碗吧"、"大咖啡馆"、"韦贝尔"，随着那些大名鼎鼎的顾客的消失，也一家家关门了。

　　在蒙马尔特，黄金时期结束了。在"黑猫"酒吧，皮影戏的灯光灭了，其创始人以及画图像的人都已作鸟兽散：阿尔封斯·阿莱、莫里斯·多内、夏尔·格罗斯、马克·纳布、艾克桑罗夫、樊尚·伊斯帕，还有卡朗·达歇、莱昂德尔、斯坦伦、维莱特……

　　新的蒙马尔特成了一个让人眼花缭乱的行乐之地，高地上的艺术家们纷纷离去。他们越过塞纳河，来到左岸住下，大多都居

拉热内斯给《黄油碟》周刊
（1901 年 10 月）画的漫画

住在拉斯帕伊大街和蒙帕纳斯大街交会的十字路口周围。他们的人数越来越多，很快就超过了蒙马尔特。不久，拉斯帕伊大街沃吉拉尔路和蒙帕纳斯大街之间的那段延长——工程是由法兰西共和国新任总统雷蒙·布安卡雷1913 年 7 月 10 日剪彩的——蒙帕纳斯 – 瓦凡

路口便成了他们的首选之地。

　　1914 年 8 月 1 日，"布里埃"和"红磨坊"的舞厅关门，随后法德两国开战，标志着 19 世纪的真正结束，这跟日历并没有太大的关系。

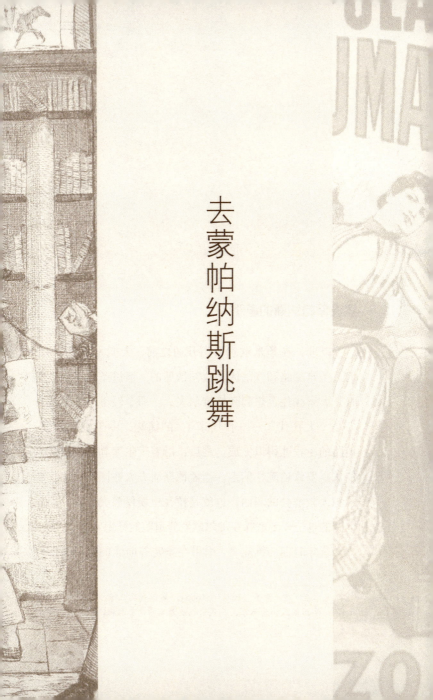

去蒙帕纳斯跳舞

建设蒙帕纳斯的道路

以前，在圣米歇尔大街开通之前，人们是从拉丁区，借道圣雅克路和修院区去蒙帕纳斯的。经过圣雅克杜奥帕时，大家往往会想起隆格维尔夫人。那个轻佻而温柔的女人是"大孔代"——孔代亲王①的妹妹，由于她的慷慨，道路的工程才得以完成。之后，沿着于尔絮勒会修道院和加尔默罗修道院往前走。当孟德斯潘夫人在国王心中代替了犯人救济会的玛丽，也就是拉瓦里埃侯爵夫人时，路易十四的这位爱妾就躲在加尔默罗修道院的忏悔室里。

童年时期，维克多·雨果在圣宠谷前面的斐扬派旧修

————————

① 路易二世·德·波旁（1621～1686），第四代孔代亲王，外号为"大孔代"，法国军人和政治家，孔代家族最著名的代表人物，17世纪欧洲最杰出的统帅之一。

道院度过了一段日子，圣宠谷是奥地利的安妮为感谢上天给了法国王室一个王子而表示的谢意。现在，我们到了皇家港大街，皇家港德尚的修道院旧舍现在成了一个幼儿园。1918年，德国人扔了一颗炸弹，炸死了二十多人。到了天文台路口，圣米歇尔大街就结束了。天文台的对面是"丁香园"和在那个著名舞厅的旧址建立的布里埃大学中心。那条威严的小道就从这里开始，路边栽着双行树木，按法

奥地利的安妮

　　奥地利的安妮（1601-1666），法国国王路易十三的王后（1615-1643），路易十四的母亲，也是17世纪欧洲最著名的女性之一。

　　安妮是西班牙国王腓力三世的女儿，14岁时与同龄的法国国王路易十三结婚。这场婚姻带有政治性质，二人都不甚快乐，之后处于分居状态。由于安妮的西班牙出身，路易十三最主要的权臣、红衣主教黎塞留一直担心她会背叛法国，多次对她提出指控。

　　路易十三去世后，安妮为自己年幼的儿子路易十四垂帘听政，把内政和外交大权都交给了黎塞留指定的继承人马萨林，镇住了企图与王室分庭抗礼的贵族，镇压了投石党运动，迫使包括孔代亲王路易二世在内的大贵族就范。1661年，马萨林去世，路易十四开始亲政。安妮退出政治生活，在修道院里度过了余年。传说安妮曾与马萨林有隐情。大仲马在《三剑客》中对安妮有所描写。

式园林修剪，一边是卢森堡宫，对面是克洛德·佩洛设计的天文台。

19世纪的两栋漂亮建筑点缀着这个历史悠久的圆顶广场：一个是科波的"世界四方"喷泉，准确地建在巴黎子午线上；另一个是鲁德创作的内伊将军雕像。

后面，布瓦索纳德路上，有"往见圣母"修道院嬷嬷们的花园。1904年至1912年，罗曼·罗兰曾站在窗口，一边欣赏布局整齐的建筑物，一边写《约翰·克利斯朵夫》。

旧时的圣米歇尔大街

夏尔特尔修道院的大舞厅

从19世纪初开始，蒙帕纳斯就被画家和雕塑家们选为可与蒙马尔特及周边地区媲美的地方。许多画室虽然条件简陋，但吸引着这些艺术家来到这个仍像是乡下的地方。这里，原先住着马车夫、马蹄铁匠和洗衣妇，旁边有许多果园。据说，巴尔扎克最喜欢那里的樱桃了。

　　大家都在蒙帕纳斯大街和圣米歇尔大街路口的布里埃舞厅碰头。1938年，有个叫卡尔莫的人在一个旧夏尔特尔修道院的废墟上开了一家舞厅。大家在帐篷下面跳舞，那是一个像是大阳伞似的东西，四周有女像柱，支撑着几个被挂在墙上的煤气灯照亮的球形物。1815年12月7日，也就是在这之前的23年，内伊将军就是在这堵墙前被处死的。

　　与旁边的"大茅屋"比起来，这个舞厅显得可怜巴巴，名气不大，生意不好。一个大吹大擂的广告和几场跟它从中午一直举办到午夜的大型庆典同样大胆的演出，并没能给它带来新客，也没能牢牢地拴住熟客。

　　弗朗索瓦·布里埃是个身体结实的家伙，以前在"大茅屋"舞场点折纸灯笼，后来在此翻修舞场，用一个露天舞池取代了

布里埃老爹

布里埃酒吧海报（1910）

巨大的遮阳伞，舞池的四周有一圈模仿阿尔汗布拉①精美建筑的拱廊。在这堵西班牙风格的外墙后面，是个灌木丛生的花园，诗人可以在里面梦想，情人可以在里面遁影。而且，布里埃还在里面栽种了不少于 300 平方米的丁香。1847 年，舞场开张时，便取名为"丁香舞厅——布里埃花园"。一年前，弗雷德里克·苏里埃的戏剧《橡树园舞厅》的巨大成功，当然不可能不对新舞厅的名字丝毫没有影响。新的舞蹈，玛祖卡、苏格兰舞蹈代替了以前的四对舞。

尽管大家的预言有些悲观，这个音乐悠扬的娱乐场所还是赢得了公众的喜爱，很快就成了一个时髦的地方。

布里埃老爹身穿灰色罩衫，头戴草帽，背着双手，在被他叫做"纯洁少女"的女孩们当中得意地走着："鸣蝉"、

① 阿尔汗布拉宫，西班牙的著名宫殿，为中世纪摩尔人在西班牙建立的格拉纳达王国的王宫。"阿尔汗布拉"，阿拉伯语意为"红堡"，为摩尔人留存在西班牙所有古迹中的精华，有"宫殿之城"和"世界奇迹"之称。

"克拉拉·封丹"、"玫瑰蓬蓬"、"泽里·霍夫曼"、"克拉拉·福韦特"、"疯狂宝琳"、"奥林匹克"、"波夏迪内特"，还有别的人，比如"波马"和"莫加多"，那是"法兰西信使"和"四艺术"舞会的皇后，她们行为出格，巴黎人对她们都不陌生。历史学家阿尔弗雷德·德尔沃谈起过这些"滑稽的美人，她们穿着连衣裙，戴着'帕梅拉'式的草帽，脚蹬切口镶金

布里埃漫画像

的厚底鞋，她们名叫'亨利埃特－综综'、'阿妮塔－西班牙人'、'伊莎贝尔－捷克人'、'嫩皮肤'、'菲内特－波尔多人'、'鸭子'、'翻筋斗的爱玛'"。龚古尔兄弟在他们的《日记》中写道，大部分时间都在布里埃舞场里度过的专栏记者克洛丹曾说，他听到过莫加多一到就大喊"谁给我的牛扒买单？我会跟他待到明天早上"。

　　妓女、半上流社会的女人、街区的女孩、严肃的先生们、大学生和喜欢看戏的小资趋之若鹜，每星期三个晚上去那里跳舞。

　　保尔·福尔曾这样歌唱它："布里埃舞场，奥斯曼风格，一个个圆球亮着电灯，先贤祠地窖里的女士最喜欢。中东人20个苏，后宫的女仆5法郎，只要不是半斋戒日。电灯

明亮的柱廊下，奥斯曼风格的布里埃舞场，欢迎共和国的孩子们，所有的感情它都容纳。"

弗朗索瓦·布里埃的成功迅如闪电，以至于"大茅屋"舞场的旧老板不得不于 1855 年关门。

曾经的波尔卡时代

70 年来，"大茅屋"把数千跳舞爱好者吸引到蒙帕纳斯，甚至跟蒙泰涅路的"马比尔"舞厅和圣拉扎尔路的"蒂沃里"有得一拼。

这个舞厅位于一个大花园的中心，四周有柱廊和凉亭，很快就成了巴黎最大众的舞厅之一。门票的定价是 50 个苏，每跳一支舞，男的要多付 30 个苏。女士免门票。龚古尔兄弟说，当女孩去"大茅屋"跳舞时，她们的母亲会在她们腰间绑上一块手帕，免得男舞伴的手弄脏她们的裙子。

拉伊尔从 1837 年起成了这里的老板，他原先是国民卫队的掷弹手，天生的大力士，一个人就足以维持舞厅的秩序。

波尔卡第一次出现就是在"大茅屋"，那是 1845 年的事了。后来有了"罗贝尔－马凯"，那是四对舞的下流翻版；最后出现了康康舞，先在那里引起轰动，后来才在"红磨坊"制造良宵。至于莎玉舞，那是一种被认为很下流的康康舞，遭到警方的禁止。罗拉·蒙特，当时是

"大茅屋"的康康舞

圣马丁门①的舞女，一天晚上挽着小丑奥里奥尔来到这里，跳了一曲让人发疯的四对舞。

"大茅屋"还给客人们提供别的娱乐：俄式爬山、射击场、滚球游戏场、秋千等。客人大多是大学生、流浪汉、艺术家，在那里可以谈情说爱，而且完全不收费，不像右岸的舞厅，往往都要买门票。

"大茅屋"关门之后，"布里埃"便成了客人最多的舞厅。它是拉丁区的生动反映，与时俱进，时尚把大部分小饭馆都改成了夜酒吧，过去的仿阿尔汗布拉宫也变成了漆成绿色和白色的舞厅。

波尔卡之后是步态舞和玛齐希舞。可惜，当探戈到来的时候，跳舞的时代已经过去。1914年8月1日，战旗在召唤，舞厅不得不关门。

在"最后一场舞"之前，立陶宛聚居区的移民和逃离其贫穷"村落"的卡斯蒂利亚人已经聚集到蒙帕纳斯阴森森的各个小酒馆里了。

瓦凡路路口的咖啡馆里，很快就将洋溢着国际主义气氛。

①巴黎地名。

『丁香园』的王子是个诗人

保尔·福尔选择了"丁香园"

　　1890 年之前，位于雷恩广场（后来改名为 1940 年 6 月 18 日广场）、蒙帕纳斯旧火车站对面的凡尔赛咖啡馆，只有学院派的几个艺术家才会去。他们戴着阔边帽，蓄着山羊胡子，打着大花结领带，一眼就能把他们与普通客人区分开来。他们并不全是"因循守旧"的画家，所以，在"凡尔赛"或它的邻居"拉韦努"的露天咖啡座，可以看到 90 多岁的老阿比尼每天晚上在那里喝苦艾酒，那是他最喜欢的开胃酒；也可以看到潇洒的方丹·拉图尔，他的成功使一群崇拜他的年轻艺术家整天围着他转。

　　1895 年 10 月 22 日，下午 4 点左右，这两家咖啡馆的客人们突然看到来往于格兰维尔和巴黎之间的火车头蹿出车站的玻璃门，越过防撞栏，穿过大厅，煤水车和车厢都

1895 年 10 月 22 日下午 4 点左右，火车头蹿出了蒙帕纳斯车站

停在半空中。车站前报刊亭的女报贩来得很不巧，结果遭遇不测。这一事故后来大大燃起说唱艺人们的创作热情。

诗人保尔·福尔长期以来都是这两家咖啡馆的常客，讨厌打台球和玩多米诺牌，觉得太嘈杂。他来到蒙帕纳斯的这个尽头，图的是"丁香园"里的安静。

那个时期，成千上万的美国年轻人、美术学校的学生和来往于各院校甚至大师画室的人都在这里约会。他们希望沿着先人的足迹，将来有一天能在巴黎展出他们的作品。这些艺术家来自大西洋彼岸，是当时参观画展的最主要的外国人。奇怪的是，他们对自19世纪60年代初就震撼美术界的印象派运动却不怎么感兴趣。

1866年4月10日，保尔·杜朗-吕埃尔在纽约组织的"印象派画家的油画和水彩画作品"画展展出300幅作品，获得了巨大成功，其反响让美国人不得不接受这一新的流派，后来让在巴黎的美国人也醒悟过来。玛丽·卡萨特是印象派画家的朋友，她后来在大洋彼岸加入了大收藏的队伍，卓有成效。

在盛开着丁香的影子里

位于蒙帕纳斯和拉丁区道路交会处的"丁香园"，原先是一家简陋的小酒馆，也是前往枫丹白露的第一站。这是巴黎最热情也是最隐蔽的露天咖啡座。大学生们天天要走的圣米歇尔大街到了布里埃舞场就结束了，那是充满欢乐和激情的年轻人常去的地方。

"丁香园"在文学艺术史上的重要性可与布里埃舞场在

舞蹈和节庆方面的重要性相媲美。对于年轻浪漫、喜欢倾听心情间隙的夏多布里昂来说，那是散步的目的地；而对夏尔·波德莱尔来说，那里则是放松和享受田园乐趣的好地方，波德莱尔常陶醉在平台上紫色和白色的丁香丛中；对于安格尔来说，这是在他心爱的瑞士学院模特儿陪伴下，在凉爽的柱廊下研究她们浅红色皮肤的理想国；这也是魏尔伦醉后不断返回的栖息地，是泰奥菲尔·戈蒂埃、龚古尔兄弟和左拉等著名作家们所喜欢的地方。

像所有的公共场所一样，"丁香园"后来也多次受到德莱福斯事件引起的强烈情绪所影响。生活放荡不羁的亨利·德格卢（比利时画家，他受象征主义影响的巨幅油画让人害怕，他的文学品位也同样。他的画作平庸而乏味，没有给他带来名声，使他出名的是他众多的爱情故事）领头，在左岸的艺术小圈子里发起了支持德雷福斯的运动。他在"丁香园"里经常抛头露面，有人给他取了个绰号，叫"最后一个浪漫主义者"。他跟天主教论战者雷翁·布鲁瓦关系密切，两人是在丹费尔－罗什洛广场的一家咖啡烟草店里结识的。在那家街区小商贩经常光顾的小店里，他们理论性极强、充满思辨色彩的谈话语惊四座。于是，这两个夸夸其谈的人开始实施一个他们梦想已久的计划：开一家宗教膳食学校，专门收女孩子。为了投资这个学校，他们寄希望于公众的忠诚，也拿出了自己所有的积蓄。可以想象得到，这两个漫不经心、毫无经验、没有本领的人做出的这个计划有多荒诞。几个星期后，他们就散伙了，办学的雄心壮志也烟消云散。

在德雷福斯事件上的分歧，很快就让"丁香园"里的这两个伙伴发生龃龉。《忘恩负义的乞丐》的作者不愿意跟随德格卢参加那些鼓吹"正义与真实"、支持德雷福斯的人的活动。随着苦艾酒一杯杯下肚，他们的争论越来越激烈。

亨利·德格卢，有着布列塔尼人那样的高大身材（这对比利时人来说非常罕见），他也许是这种放荡不羁的艺术家的最后代表之一，穆尔热曾讲述过那些人的艰难生活。

"丁香园"的签名本

德格卢坚决支持德雷福斯，这使得他拥有了一道光环。他画的左拉像非常出名，1898 年 1 月 13 日左拉的《我控诉》在克莱芒梭主编的《黎明》上发表后，那幅石版画也印刷发行了，于是他的名声就更大了。支持案件重审的人对这幅画表示热烈欢迎，许多人把它别在墙上，以表示自己的立场。

沃热瓦、皮若、马泽特和许多民族独立运动的信徒给"丁香园"确立了基本原则，1909 年，这些原则又成了夏尔·穆拉成立的"法兰西行动委员会"的基础。穆拉喜欢在隔壁的花神咖啡馆与自己的小参谋部见面，其成员有雷翁·都德和圣雅克·班维尔。他听觉不好，在那里找到了他需要的安静。他和他的弟子们一直保持联系，他们比他更容易团结他们想在"丁香园"招募的支持者。"丁香园"里聚集着一批年轻的精英，德雷福斯事件发生后，他们犹豫不决，不知道该采取什么政治立场。

"丁香园"的画家、诗人与纨绔弟子

1901 年，美国诗人斯图亚特·梅里尔向保尔·福尔介绍了挪威的两个大画家爱德华·迪里克斯和克里斯蒂安·克罗格。他们是 1880 年到巴黎的，其他北欧画家后来也加入了他们的行列，如埃里克·维伦斯谢奥德、弗里茨·梭罗（高更的堂兄)、杰哈德·蒙特等。他们将在蒙帕纳斯的艺术与感情生活中大放光彩。

在他们之前,盖布瓦咖啡馆的客人们(马奈、乔金德、高更和他的朋友,瑞典作家斯特林堡、莫奈、雷诺阿、巴齐耶、西斯莱(他们全都是夏尔·格莱尔对现状不满的学生)塞尚和雕塑家布代尔)已经见过美国油画家兼版画家詹姆斯·阿博特·麦克尼尔·惠斯勒。这个年轻的花花公子(他会法语,是在圣彼得堡学的)进了皇家绘画专业学校(今装饰艺术学校),在去伦敦之前也常拜访格莱尔。他在英国和法国两地跑,是个十分细腻和讲究的人,不单与印象派画家来往,也和波德莱尔来往。跟波德莱尔常在一起的还有奥斯卡·王尔德、马拉美和斯温伯恩。

1903年,保尔·福尔,《诗与散文》的创始人,把自己的基地建立在一个现代化的"园圃"里,一座新楼代替了以前的郊区小酒馆。每星期二,他都在那里组织诗歌朗读,很快就名声大振。国内外的年轻作家和音乐家纷纷前来参加聚会,诗人们的声音很难盖过嗡嗡的谈话声和碗碟的碰撞声。有时,人们可以看到马克斯·雅可布乘疯狂的舞曲停下来的当儿,跳上桌子,大声朗读一首滑稽可笑的诗。忧郁的保尔·雷奥托在他的《文学笔记》上写道:

"由于又收到了保尔·福尔的邀请,今晚,我去'丁香园'参加了《诗与散文》的聚会。这是第一次,也将是最后一次。

诗人保尔·雷奥托

我起先犹豫了半个小时，就像当初去伏尔泰咖啡馆一样，见不到一个熟人。最后终于看到克罗斯进来了，他曾答应给我们的《今日诗人》提供资料，我定下心来。莫雷亚斯也到了，我们聊了一会儿。他无疑有些醉了，说话都有些困难……剩下的那些人我都不认识，或者说我不愿意见到……保尔·福尔也有些醉意，胡言乱语。这个小圈子根本就离不开那家咖啡馆。5 点到 8 点喝开胃酒，9 点到半夜 1 点聊天吃饭。最让人惊讶的是，他们好像一点都不觉得闷。"

《诗与散文》杂志社组织的这类聚会有时充满了暴风骤雨。还是雷奥托所说，1911 年 5 月 17 日，西尔凡·蓬马利亚热，一个从来没有单独出过诗集的诗人，寄了一些诗给《法兰西信使》，被雷奥托退了回去，他大发雷霆，因为稿子上有一个手写的批注："有鸡奸拉马丁[①]的味道"。

---

① 拉马丁，19 世纪法国著名的浪漫主义诗人。

常被冤枉的保尔·雷奥托

"这是雷奥托的字迹！"蓬马利亚热大叫起来，"我认得出来。我一点都不恨瓦莱特，只恨雷奥托。那是个胆小鬼，我知道。我要杀了他，我要杀了他，那是个卑鄙的家伙。写批注不署名。我要杀了他。"其实那个批注并不是雷奥托写的，而是路易·迪米尔。

"他也许醉了，"《小朋友》的作者补充说，"那天上午，蓬马利亚热发怒的样子让我笑坏了。"

保尔·福尔无疑是《笔会》（那是一家有竞争性的诗刊）编辑部和他的编辑部历史性会晤的发起人。那场聚会是由阿尔弗雷德·雅里主持的。

《笔会》的作者和忠诚读者一般都待在圣米歇尔大街的"金太阳"，他们改变习惯，接受保尔·福尔的邀请，但并不是没有保留。

最后，安德烈·萨乐蒙和《笔会》的明星诗人纪尧姆·阿波里奈尔也来了，还有马克斯·雅可布、居伊－夏尔·克罗斯、路易·芒丹、亚历山大·梅斯洛。能在"丁香园"

著名的星期二诗会上介绍自己的作品，他们还是挺乐意的。

保尔·福尔，诗歌王子

保尔·福尔的主持才能、青春活力、激情和天生的诗意，一切都注定他要当诗歌王子。雷翁·迪埃克斯1912年去世后，这个位置一直空着。这是个极富尊严的头衔，1894年魏尔伦和1896年马拉美曾使之大放光彩。

弗朗西斯·卡尔科曾在"丁香园"遇到过他。

"保尔·福尔，一头长发，戴着阔边毡帽，系着黑领带，短小的上衣扣子扣得高高的，他的简朴与各阶层妇女和可随便招来的瑞典、俄罗斯和西班牙妇女的花枝招展形成了鲜明的对比……他的目光能看透你的灵魂，也能把他心里的火热感情传递给你，但他嘴里却说着飘飘然的话。"

选举那天，米斯

诗歌王子保尔·福尔

特拉尔大声地说："我投'北方蝉'①的票！"新一轮选举，在由让·里奇潘主持的宴会上，保尔·福尔以388票对95票击败亨利·雷尼埃，正式当选。那天，蒙帕纳斯的全部名流都聚集在月亮公园，那是马约门②新的娱乐中心，一个极其时髦的地方。它模仿美国的运作方式，每天都吸引大批的巴黎人和外省人。普天同庆，《乞丐之歌》的作者③在高涨的热情当中，开始赞扬获得桂冠的福尔。不幸的是，那天刚好有骆驼赛，钟声响起，打断了他的话：

"亲爱的王子，女士们，先生们……"

起跑好像开始得很艰难，钟声又响了起来，止住了他诗情的迸发。席间大笑，但里奇潘是不会轻易放弃自己说话的机会的。

"啊，这些可恶的骆驼老来捣乱！"他嘟哝道。

会场终于安静下来以后，他对保尔·福尔赞不绝口，其中有句话（并不是最肉麻的）是说，眼下的嘉奖是迈向另一辉煌的第一步，以后会辉煌得多，将戴上双角帽，佩上剑④。保尔·福尔克制着自己的喜悦之情，接受众多的赞扬和允诺，但仍因事业上的初次成功而激动得发抖。这个新王子，在20岁的时候，虽然穷得叮当响，不是已经创

①"北方蝉"是米斯特拉尔给保尔·福尔取的绰号。
②巴黎地名。
③指里奇潘。
④指成为法兰西学院院士。

办了"艺术剧院"来演出莎士比亚、易卜生和梅特林特的剧本吗？那家剧院后来成了"作品剧院"，由鲁涅坡来接他的班。

保尔·福尔是香槟人，诗歌观比他的长辈们更加活跃，思路也更加开阔。然而，从他出版的前几卷《法国歌谣》开始，他就显示出对传统的热爱。同行们把这位"莎士比亚的年轻侍从"（梅特林克语）当作是诗歌的创新者，他的诗很有法国特点，很有个性，很真实。"我笔下的一切都自动成为诗。"《诗与散文》杂志的创始人这样写道，他对阿波里奈尔和萨乐蒙年轻时期发表诗歌起了很大的作用。

然而，诗人的物质生活却充满了艰辛。以艺术为生是不容易的，而且，他有许多孩子要抚养。这是一个没有财富的国王，统治着一个诗人王国，国民都是贫穷的行吟诗人。他没有任何经济能力来维持一份像《诗与散文》这样的文学刊物。这个刊物排版精美，纸张考究，为了出版第一期，他不得不卖掉自己的书和一部分动产。

保尔·福尔是"丁香园"辉煌的文学活动的主角之一，尽管我们今天只记得他的几首诗（"如果全世界的小伙子都……"、"幸福在草地上……"）。

安德烈·纪德很少露面，他苍白的脸色和蒙古人的那种胡子非常显眼。他单纯得有点不自然，对年轻诗人的那种父辈做派让人怀疑他暗地里在觊觎莫里斯·巴莱斯的位置，想当年轻人的精神导师。他在《田园牧人》中表现出来并且努力捍卫的那种激情，由于反对所有违背个人利益的原则，对年轻人有很大的吸引力。年轻人渴望激情，也渴望在精神和道德方面有完全的自由。

超现实主义大闹"丁香园"

1925 年 7 月 21 日，在"丁香园"给圣保尔 – 卢举办的庆祝宴会匆匆结束。《文学新闻》给《拉萨尔》的作者致完辞后，把马拉美的这个弟子当作是现代诗歌先驱者之一的超现实主义团体虽然同意参加聚餐，但还是批评聚餐这种做法太为落伍。

几天前，保尔·克洛岱尔在发表在《科莫迪亚》杂志上的一篇访谈中声称，目前的文学运动不可能带来"真正的创作革新，无论是达达运动还是超现实主义都如此，它们只有一个意义：鸡奸"。

马上就有人反驳。就在给圣保尔 – 卢设宴的那天，用红纸印刷的小册子开始抨击《交换》的作者。超现实主义团体猛烈谴责道："只有一种道德观念站得住脚，即，一个人不能既当法国大使又当诗人。我们乘这个机会与一切有法兰西言行的人公开决裂……天主教，希腊拉丁的古典主义，你自己无耻地迷信去吧……写吧，祈祷吧，吃吧！我

诗人圣保尔－卢

们把你当作是粗人和恶棍。耻辱？我们要的就是这种耻辱。"

这个组织的成员率先来到"丁香园"，在每个客人的座位底下匆匆塞了一份辣得要命、还热着的母鸡。

拉希德夫人，即《维纳斯先生》的作者，《法兰西信使》的主编阿尔弗雷德·瓦莱特的太太，她倾向于象征主义运动，当天由她与鲁涅坡和 J.H. 罗西尼兄弟主持主宾桌。她对巴黎某记者调查的回答，使安德烈·布勒东感到很不满意。对方问她："法国男人能娶德国女人吗？"她回答说，法国男人和德国女人结婚，不仅不能饶恕，而且难以想象。想到他讲法语的德国朋友马克斯·恩斯特，布勒东当时差点要对她说，她的爱国主义思想是多么荒谬和怪诞。在主宾桌上，拉希德夫人作应景讲话，她的语气很单调，甚至有点让人听不清。弗洛朗·费尔和安德烈·马松开始有点不耐烦了。费尔大声地说："她在骂我们！"

布勒东听到这话，马上就高声补充了一句："这娘们早就在骂我们了！"

可怜的圣保尔 – 卢，刚刚从他位于科西里安的木屋里来，对巴黎文学圈的习俗还不太了解，觉得这帮狂热的年轻人太没有礼貌，觉得有些伤心，急于想表现得有风度一些。有人对他喊："什么礼貌，去它的吧！"

突然间，安德烈·布勒东的朋友们好像得到了什么信号，在一片混乱中开始进攻主宾桌。有几个人吓坏了，想报警，布勒东猛地推开了一扇窗，大力得把窗户的铰链都扯了下来。有人大喊"德国万岁！"这一大叫声吸引了路上逛街的行人，他们马上围拢在咖啡馆四周。

"出什么事了？"

"有些吃饱饭没事干的人在寻欢作乐。"

"不要脸，不想想现在有那么多寡妇和孤儿！"

米歇尔·莱里斯爬窗冲进一群大喊"打倒法国"的人群中，灵活地避开了想揍他的人。只见德斯诺斯抓住一根窗帘杆横扫起来，阿拉贡则在寻找诗人和艺术史家卡米尔·莫克莱尔，想扇他的耳光。善良的圣保尔–卢想让大家平静下来，但根本就没人听他的……

在隔壁大厅里，艺术评论家阿道夫·巴斯勒、画家佩尔·克罗格和诗人路易·德·贡扎格·弗里克正在给他们的朋友画家鲁道夫·莱维庆祝生日。听到吵闹声，贡扎格·弗里克离开桌子，勃然大怒："怎么？他们竟然骂我的朋友们，骂超现实主义先生们！"他一挥拐杖，咖啡馆的大镜子都被打碎了。莱里斯在蒙帕纳斯大街被人认了出来，

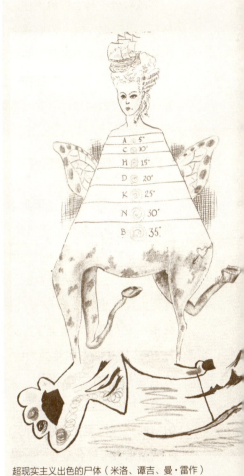

超现实主义出色的尸体（米洛、谭吉、曼·雷作）

一群敌对分子马上把他围住。"大家都下楼，有人要害莱里斯！"阿拉贡大喊。警察接到报警，马上赶来，把身体本来就不好的可怜的莱里斯解救了出来。

布勒东后来说："滑稽的是，在一片混乱之中，遭到逮捕的是当时激动到极点的拉希德夫人。"

"丁香园"里的被遗忘者

"丁香园"里不仅聚集着一些像阿尔弗雷德·雅里、雷翁－保尔·法尔格、菲利普·贝特罗、让·吉罗杜、夏尔－路易·菲利普、玛格丽特·奥杜、让·莫雷亚斯、斯图亚特·梅里尔、洛朗·塔亚德、夏尔·莫里斯这样的名人和传奇人物，也有一些今天已被淡忘，但当时曾在许多领域很出名的人：《笔会》[①]的创始人卡尔·博埃斯，他也是1903年获龚古尔奖的约翰－安托万·诺（《敌对势力》）的出版人；欧仁·蒙福尔，文学刊物《边缘》的创始人兼主编，短时间当过《新法兰西杂志》（因刊登让－马克·贝纳尔的《马拉美在文学上的无能》，使纪德勃然大怒，第一期杂志被统统化浆）的主编；勒内·达里兹，《巴黎之夜》杂志主编，那是安德烈·萨乐蒙和安德烈·比利创办的

───────────

① 这是塞纳河两岸长期较劲时左岸的一家大型刊物，这一争斗随着大道的衰亡而结束。

一份刊物；费尔南·迪沃尔，《毫不妥协》杂志的诗人和记者；让·莫雷，阿波里奈尔的管家，诗人欣赏他的才能，把他拉到自己的队伍里。

让·莫雷戴着单片眼镜，挺着大肚子，是当时的食客之王，这些食客分别由那些著名的艺术家养着。莫雷光辉的优秀食客生涯获得了特殊的荣誉，1959年6月11日，当他荣升为啪嗒学院①副管家时，雷蒙·格诺给他颁发了"大肚子社"高级勋章。顶着"陛下"的头衔，他领导着一班快乐的弟子，终于从厨房走进了沙龙。他活到85岁才去世，死在圣莫里斯的一家疗养院里。

梅西斯拉·戈尔伯格是个波兰犹太人，现存观念的破坏者，他创办了一份社会无政府主义报纸《在大路上》。"一个奇特的流浪汉，一副吃不饱的样子"（纪德语），这个怪异的幻想家，作品已被人遗忘。他尽管经常处于贫困之中，还是独自养了一个私生子，叫梅西斯拉·夏里埃尔。那个可怜的孩子患有结核病，身体虚弱，后因参与攻击来往于巴黎和马赛之间的第五号列车而遭逮捕，20岁就被送上了断头台。

梅西斯拉·戈尔伯格到了晚年，发现自己成了"一头

---

① 啪嗒学（Pataphysique），即荒诞玄学，针对形而上学（métaphysique）而言，用于讥讽技术神话。啪嗒学院于1948年由格诺等人成立，设立了一个叫"大肚子社"（取自雅里的小说）的名号。

绰号叫"帕藤·贝里雄"的皮埃尔·迪福尔

没有牙齿的残废狼"。这头狼咬人太多，尤其是在艺术批评中。在这方面，他对作为狼崽的安德烈·萨乐蒙、安德烈·鲁威尔和弗洛朗·费斯影响颇大。阿波里奈尔在他去世的前一个星期对他大加赞扬，表示敬意，写道，这个"波兰的犹太人，奇特的抒情哲学家"成了一个思想大师，人们前往他简陋的住所瞻仰，就像到费内瞻仰伏尔泰的隐居地一样。

尼德豪森－罗多，熟人们都叫他"罗多"，是瑞士的雕塑家，保尔·魏尔伦的好朋友，长得很矮小，一脸大胡子，像花园里的侏儒，笑话连篇，他因喉结突出而著名。这是个诚实的小伙子，性情粗暴而敏感，非常喜欢魏尔伦的《智慧集》。他雕刻的《可怜的里连》胸像，现在还立在巴黎的卢森堡公园里。罗丹很欣赏他的才能。

绰号叫"帕藤·贝里雄"的皮埃尔·迪福尔，尽管从不曾认识兰波，却以兰波的小舅子为荣，从某种意义上来说是兰波去世后的小舅子：他娶了几年前去世的诗人的妹妹。谈起《醉舟》的作者的作品，他就不是帕藤，而是贝里人了①。30年来，他禁止任何人碰这笔家庭财产，把它当作是自己的商业资本。同辈们把他说得一无是处："骗人"、"说谎"、"虚伪"。在他出版的兰波作品全集中，巴藤·帕塔熊（他滑稽的笔名总是成为被取笑的对象，而那些笑话跟他本人一样让人怀疑）跟兰波的名字挨在一起。

　　看到他的名字出现在像《白色杂志》和《法兰西信使》这样著名的出版物上，人们都感到很惊讶。他的诗作，内容贫乏而又难懂，早就被人遗忘了。不过，我们却不能忘记蒙帕纳斯文学风景中这个难以预料的人。

　　还有别的很多人，时尚曾使他们辉煌一时，今天却已无影无踪。也许他们只有一点点才能（太少），或者借权力的光。总之，他们是"丁香园"的追随者、普通人、顾客大军。

---

① 帕藤（Paterne）在法语里是"和蔼"、"可亲"的意思。贝里为法国地名，贝里人法语称"Berrichon"（贝里雄）。

战争的阴影与光明

十年一世纪

1910 年，阿尔芒·法利埃总统进入了他的第二个七年任期，被称为"男式礼服画家"的雷翁·博纳替他画了画像。这是一位非常温和的总统，但对社会的进步很重视，每年都自愿参观法国艺术家画展。展出的作品或出自一些（暂时性的）名人之手：布格罗、梅索尼埃、罗什格罗斯、科尔蒙、热韦克斯，或是某些偏执狂所作：让·维贝尔，只画一些讽刺宗教的作品；威廉·迪迪埃－普热，他画的雾中蕨园深受大家的喜爱；保尔－夏尔·肖卡内－莫罗的青少年肖像——面点师、通烟囱的工人、唱诗班的孩子……

尽管这种学院派的东西有些过时和衰落，1910 年还是暗示着艺术领域的某种复苏：海关关员卢梭在独立派艺术

画家海关关员卢梭

家沙龙展出了《雅德维加①之梦》（不久之后，他就于9月2日去世了）；位于王家路的德鲁埃画廊展出了乔治·鲁奥的第一批作品；瓦西里·肯丁斯基在他的《即兴作品》中，探索了抽象画这一未开垦的处女地。杜尚、杜尚－维庸、拉弗雷内、莱热尔、梅辛革、皮卡比亚参加了秋季画展，而马里内蒂则发表了《未来主义绘画技巧展示》，主张对绘画艺术进行彻底的改革。

《一千零一夜》在夏德莱剧院上演，标志着塞尔日·德·佳吉列夫的俄国芭蕾在巴黎的回归。巴克斯特②的豪华布景与服装，色彩斑斓，具有浓郁的异国情调，不

---

① 匈牙利和波兰君主拉约什一世大帝的女儿，父亲死后和姐姐分别继承两国，当时她才9岁，无力执政，波兰贵族为了和立陶宛联合对抗条顿骑士团，在她11岁时强迫她嫁给立陶宛大公亚盖洛以换取立陶宛的援助。
② 莱昂·巴克斯特（1866～1924），俄罗斯画家和场景－服装设计师，佳吉列夫的好友，俄罗斯芭蕾舞团的成员。

基斯林和他的模特儿在画室里

可能不对各艺术领域产生影响。

1910 年，19 岁的摩西·基斯林离开祖国波兰来到了巴黎；玛丽·瓦西里埃夫，马蒂斯的学生，蒙帕纳斯的熟面孔，参与创办一所面向不懂法语的俄罗斯年轻艺术家的学校；那年，坎韦勒买下了费尔南·莱热尔的所有著作，马克·夏加尔创作了《婚礼》，并与布莱斯·桑德拉尔结下了友谊。2 月 7 日，巴黎的名流都拥向圣马丁门的剧院看演出，那场戏的演出被当作是一件国家大事。"这将是一场战斗，涉及国家的荣誉。"某部长如此预言。在被改成养殖场的舞台上，吕西安·吉特里和西蒙娜夫人首次演出《尚特克莱》①，那是埃德蒙·罗斯坦新创作的一个四幕诗剧。第二天，报纸的标题出现了"演出失败"的字样。

①该剧讲述某牲畜栏里一些牲畜的日常生活故事，其中有只叫尚特克莱的公鸡有一个巨大的秘密武器：它一鸣叫，太阳便会升起。

1910 年 1 月 20 日，塞纳河河水溢出河床，漫进了巴黎的大街

在变成泽国的巴黎，大家都痛苦地感觉到了这场失败：一大早，塞纳河河水溢出了河床。从 1 月 20 日开始，它便漫进了首都。1910 年的洪水开始了。

去柏林！报仇……

1914 年 8 月初，战争的爆发，一夜之间改变了蒙帕纳斯的生活。像其他人一样，画家、作家和记者都应征入伍了。

而国外的艺术家，比如桑德拉尔、基斯林、库普卡则加入了外籍军团，也有的人回到了自己的国家。德国人在巴黎成了不受欢迎的人，暗暗地消失了。

蒙帕纳斯不再在巴黎，而是在前线。布拉克全家、德兰、莱热尔、拉弗莱斯内、丹努瓦耶·德·塞贡扎克和其他许多人都冒着枪林弹雨在泥泞中艰难跋涉。马克·奥朗、萨乐蒙、卡尔科也如此；阿波里奈尔在等待入法国国籍期间，被分配到了阿龙河地区；俄罗斯画家塞尔热·费拉也同样；佩尔·克罗格踩着雪橇，前往驻扎在孚日山区的一个挪威卫生营。

莫蒂里安尼、奥里哲·德·查拉特、爱伦堡由于健康原因，迭戈·里维拉由于静脉曲张性溃疡，马内－卡兹则由于他的个子实在太小，被拒绝入伍。布兰库西跟毕加索一样，待在巴黎，藤田嗣治在伦敦，而马内－卡兹则准备

1914 年，第一次世界大战爆发，法军开赴前线

从伦敦坐露西塔尼亚号去纽约。

现在留在蒙帕纳斯的只剩下中立国的年轻人。他们在露天咖啡座炫耀，不顾士兵们的太太和因时局而忧虑的老人的情绪。他们对战争带来的悲剧无动于衷，预言法国军队前景不妙，公开评论戈比诺伯爵关于"种族不平等"的主张，议论罗曼·罗兰的《超脱混乱》。有的斯拉夫人对沙皇表示同情，他的堂兄纪尧姆二世打败了他的军队。在圆顶咖啡馆，利比翁试图让战败者闭嘴。至于警方，他们要求列夫·达维多维奇·布隆施泰因，即托洛茨基，到别的地方去下棋。

阿波里奈尔在 1916 年

上战场的人很少能全身而退：基斯林和布拉克受伤了，莱热尔煤气中毒，桑德拉尔失去了右臂。1918 年 11 月 9 日，因在战场上受伤而做了穿颅手术的纪尧姆·阿波里奈尔，在康复期间患了西班牙流感，离开了人世，终年 38 岁。11 月 11 日，人群在大街上高喊"打倒纪尧姆"！但白喊了，那位德国皇帝① 已经在 9 日就被废黜了，就在那天，《酒精集》

————————————

① 指威廉二世。"威廉"（Wilhelm）在法文中译为"纪尧姆"（Guillaume），故有此误会。

的作者在弥留之际，谵妄之中还以为外面的人是对着他大叫呢！

于根斯路的即兴表演

1914 年年底到 1915 年年初，皮埃尔·迪布勒伊和马塞尔·格罗梅尔的朋友，瑞士画家爱弥尔·勒热内在于根斯路 6 号的院子里举行了几场音乐会。那个厅室是科拉罗西学院教雕塑用的。他在这个院子还有一个画室，之前一直租给几个美国画家。战争一爆发，那几个画家就回国了，于是他收回画室，在瑞士同胞布莱斯·桑德拉尔的建议下，有些仓促地给画室改名为"艺术与诗歌中心"。这个大房间有 20 米长、6 米宽，像是一个仓库，靠一扇玻璃窗采光。由于宵禁，晚上必须遮住灯光。他从卢森堡公园租借了一百来张椅子给大家坐，来看首演的听众们很艰苦，没有暖气，也没有什么生活设施。1964 年，半个多世纪以后，勒热内回忆说："只有一盏煤气灯，照着舞台中心，坐在台后的人处于黑暗之中，给全场营造出听音乐的良好气氛。而且，舞台通往阁楼的木楼梯上总是坐满了演奏者的朋友，给晚会增添了诗意。"

在诗歌领域，科克托和桑德拉尔以"竖琴和调色板"为标签，清楚地道明了组织者追求的目标。1916 年，他

诗人让·科克托

们最初的几场晚会之一是献给纪尧姆·阿波里奈尔、皮埃尔·里韦迪、马克斯·雅可布和安德烈·萨乐蒙的。让·科克托也亲自朗读了他6岁的侄女写的几首诗。1955年，给一个8岁的伪诗人米努·特鲁埃做的一则广告把他惹恼了，他说："所有的孩子都有才能，除了米努·特鲁埃。"

"竖琴和调色板"的诗人们生活在巨大的贫困之中，亚德里安娜·莫尼埃说，桑德拉尔从战场上回来后，口袋空空，带了几首诗去《法兰西信使》编辑部，被采用了。他提出要预付金，对方告诉他，诗歌从来没有给杂志社带来过任何经济回报。"那好，"桑德拉尔回答说，"把它改成散文，给我100个苏①。"

在于根斯路，每场音乐会、每个诗歌晚会都是一个社

---

① 法国旧货币单位，1个苏相当于1/20法郎。

作曲家萨蒂

交机会。人们看见当时的文艺事业资助者保尔·布瓦雷、圣雅克·杜塞、居斯塔夫·卡恩等人坐着高级轿车来到那里，大厅的墙上挂着勒内·迪雷、加布里埃尔·富尼埃、摩西·基斯林、亨利·马蒂斯、奥里兹·德·查拉特等人的绘画作品。

　　在"绘画与音乐"的框架内，艺术中心还有另一项内容：音乐。1916年举办了一场艾里克·萨蒂个人作品音乐

"俄罗斯芭蕾"海报

会。亚捷的团长亲自来演奏《左看右看的东西（没有眼镜）》《四面八方转的章节》《梨状物》，首演时演的是《讨厌的宝物之三场出色的华尔兹》。毕加索用科克托的肖像设计了节目单。

晚上，徒步回亚捷时，萨蒂在半路上产生了为狗写一出歌剧的念头。他在小本子上写道："舞台上将表现一块骨头"。

1916 年 4 月 18 日举办的萨蒂－拉韦尔节，节目单上印的是亨利·海顿的一幅木刻。参加音乐会的有钢琴家里查多·维内、女歌手珍妮·巴托里、小提琴演奏家马塞尔·夏耶特，演出开始之前有罗朗－曼努埃尔的清谈。

给第二场画展设计节目单的是安德烈·罗特。那场画展展出了弗列兹、海顿、基斯林、罗特、马蒂斯、莫蒂里安尼、毕加索、塞维里尼和弗拉明克的作品。

所有这些艺术家——音乐演奏家、作曲家和画家都在慢慢地成名。

几个年轻的作曲家，也是艾里克·萨蒂的崇拜者，前来听大师的作品，并发表了意见。萨蒂滑稽地把他们叫做"年轻的新人"。芭蕾舞《滑稽表演》的首演引起纷纷议论，几个星期后，1917年6月6日，18岁的乔治·奥里克推出了《三人剧》，阿尔蒂尔·奥内热根据阿波里奈尔的文本演出了《三首诗》，路易·迪雷则推出了《双人钢琴钟乐作品》，这是首演。

战争一结束，这些年轻的新人的其他作品就由达里尤斯·米约、日耳曼·塔耶费、弗朗西斯·普朗克演出了。此外，旧哥伦比亚剧院也为他们组织了音乐会。女歌手珍妮·巴托里以"年轻人的音乐会"为主题，组织了几场演出，一再表明自己对他们的兴趣。

科克托一直关心他们的成长，他忙前忙后，设法让他们参加众多的公共音乐会。1920年1月，在《科莫迪亚》一篇署名为科莱的文章中，记者以《5个俄罗斯人和6个法国人》为题，暗示这几个俄罗斯作曲家团结在"五人组"（策扎尔·居伊、莫德斯特·穆索尔斯基、亚历山大·鲍罗丁、里姆斯基－科萨科夫及"五人组"创始人米里·巴拉基列夫）周围。奥里克、日耳曼·塔耶费、奥内热、普朗克、迪雷和米约从此带着这个标签进入了20世纪的音乐史。

让·科克托，俨然他们的教父，在某种程度来说，就

科克托一直关心年轻人的成长

是这群人的经纪。这些作曲家，尽管他们的音乐表述和灵感完全不一样，但这丝毫没有影响他们的友谊，他们成了一辈子的朋友。

在于根斯路，受到崇敬的缪斯不仅仅是卡丽奥佩和欧忒耳佩[1]。一个来自上马恩省的矮胖男人阿尔班·米歇尔，在他位于爱德加·吉内路旁边的出版社，让所有的女神都受到了庆贺。

欧内斯特·弗拉马利翁在奥德翁剧院的拱廊下给年轻的阿尔班·米歇尔上了关于书店的第一课。1874 年，他本人也是在那个广场的夏尔·马蓬书店里起步的。在那家著名的露天书店里，人们在风中翻阅新出的书。冬天，当钢笔里的墨水被冻住时，阿尔班·米歇尔回忆说，会计便改用铅笔。

---

[1] 卡丽奥佩，统称为缪斯的 9 位女神之一，司英雄史事；欧忒耳佩是另一位女神，司抒情诗。

　　结婚后，他离开了弗拉马利翁书店，自己开书店和出版社。经过初期的挫折，年轻的米歇尔度过了最艰难的日子。一个偶然的机会，他遇到了费里西安·尚普索尔，这位多产的大众小说家给他带来了期待已久的成功。1910年，他离开马杜林路，把办公室设于根斯路22号的旧仓库里。他从右岸到左岸，消除了似乎存在于蒙马尔特高地和巴那斯山峰①之间潜在的冲突。他的大一统编辑方针战胜了落后于时代的竞争对手。今天，这家一直处于家族怀抱中的出版社，继续在于根斯路发展壮大。

　　蒙帕纳斯路口和墓地之间的那条僻静的小道，把生者与死者分隔了开来。保尔–贝尔特中学的学生们在那里来来往往，让那条小路有了一点生气。这条小路是为了纪念18世纪发现土星环的一个荷兰学者而命名的。

---

① 巴那斯山是希腊神话中文艺女神居住的地方。

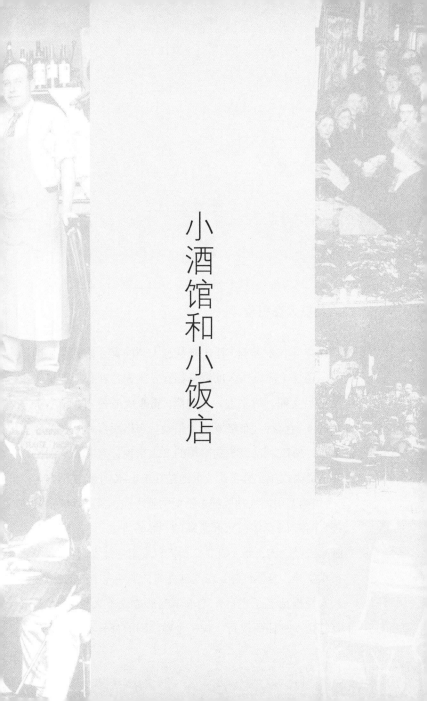

小酒馆和小饭店

意大利女人在巴黎

　　1887年，罗莎莉·托比娅从意大利的家乡来到蒙帕纳斯时，还是个漂亮诱人的罗马妇女。她先是在鲁斯波里王子家里当女佣，后来进入奥迪隆·雷东服务公司，给一个画家朋友当模特，布格罗常常用她。布格罗自称是拉斐尔的弟子，所以对这个头脑简单的女人来说，意味着法国美术界的最高权威。她喜欢久久地站在被J.-K.于斯曼形容为"平庸级画家中的大师"的布格罗的画作前，美美地欣赏自己披着轻纱的身体或张开金翼的"布格罗之美"。在1905年画家去世之前，她一直是"给人以安慰的处女"，神话中的泉水女神，身体性感，深受沙龙里的那些先生们的喜爱。

　　人慢慢地老了之后，美术学院那边就不太想要她了。于是这位女神便想改行，找一个她滚圆的身躯不会成为障碍而是优势的职业。她选择了开饭店。

她找到了位于第一乡村路 B3 号的一家小饭店，把它取名为"罗莎莉之家"。她花了 45 法郎（现在的 125 欧元左右）买下了这家黑乎乎的小店，包括四张大理石桌子、几张小凳和院子里当作厨房的一间小屋。从此，罗莎莉在那里当了 20 年老板。

饭店门口有张桌子，上面放着水果、蔬菜、糖水和意大利奶酪，黑板上用粉笔写着当天的菜谱。

她俨然成了生活放荡不羁的画家们的母亲，勤劳勇敢，肥肥胖胖，容易激动。她的名声很快就传出了蒙帕纳斯，甚至传出了法国。常来她店里的许多外国艺术家，如巴罗洛、瓦波里塞拉、弗拉斯卡蒂、朗布鲁斯科、基安蒂回国后都夸奖她价廉物美的红焖小牛肘、意大利切面、千层面、波伦亚饺子和意大利红酒。报纸还发表了关于她的文章，并采访她，对她的饭店进行报道。人们也在第一乡村路这个善良的主妇的小饭店里举办晚会，那里的欢宴常常通宵达旦。

那地方并不漂亮，但墙上挂满了画，那是画家们对她表示的谢意，他们往往用版画、素描或油画来买单。

一天，一个满脸胡子、两颊消瘦、头发蓬乱的年轻人来到罗莎莉的店里，显然已经醉了。他要了一杯红酒，喝完，付钱，又要了第二杯，然后是第三杯，怎么也喝不够。

然后，他请人替他到隔壁的颜料店买几支"红褐色"颜料，他要用那些长条的颜料来画水彩。颜料买来了，他含在嘴里，当他觉得它们已足够软时，便用唾沫弄湿，然后直接在墙上画了两幅蒙马尔特的速写：于特里约送给蒙帕纳斯两幅蒙马尔特高地的画作纪念，以表示自己来过罗莎莉的饭店了。

于特里约非常崇拜的莫蒂里安尼不久也来到店里，双方互相欣赏。两个画家热烈而友好地拥抱过之后，马上开始狂饮。两人都口袋空空，一心想着如何买单。他们喝得太多了，以至于都有些担心，不安地看着酒一瓶瓶少去，而两人好像谁也没有打算结账的意思，于是罗莎莉便要两个酒鬼到别的地方去喝。

"你看看我在你的墙上画了些什么。"被蒙马尔特的流浪儿叫做里特约的那个人跌跌撞撞、嘟嘟囔囔地说。

"我不能把墙挖下来当酒钱。"她厉声叫道，勃然大怒，满嘴脏话，然后又用意大利语，把特拉斯提弗列[①]的粗鲁女人所拥有的丰富词汇向他们掷去。

行人们被吸引住了，纷纷围过来。这时，两个伙伴还在互相恭维：

"你是我认识的最伟大的画家。"

---

① 特拉斯提弗列，罗马第13区，位于台伯河西岸，梵蒂冈以南。

"不，最伟大的画家是你。"

"我说了，是你。"

他们的声音越来越大，突然，两人动起手来，大叫着掀翻了桌椅板凳，把罗莎莉的小饭店弄得一片狼藉。

警察接到报警，赶到现场，威胁这两个失控的

在母亲的逼迫下，1935年，51岁的于特里约娶了比利时一个银行家的女儿吕西为妻

人说，要把他们带到警察局去。就在这时，于特里约突然清醒过来，说了几个神奇的字眼，否则这两个醉鬼就会被带上囚车，到德朗布尔路的警察局待一段时间了。

"雷——翁·查——马——隆。"他结结巴巴地说。雷翁·查马隆这个名字在蒙帕纳斯可是如雷贯耳。那是巴黎的警察分局局长，负责监督外国人，经常帮助经济情况不稳的艺术家。他爱好艺术，也收藏作品，所以成了画家们的朋友。他常常离开他的局长办公室到园亭饭店去见他们。治安警知道老板喜欢绘画，所以最好别找画家们的麻烦，他们有保护人。

局长先生办公室的墙证明他们互相熟悉：墙上挂着苏丁、莫蒂里安尼、瓦拉登、于特里约、克莱梅涅、基可因、

齐齐半身像，油画，基斯林作，1927

齐齐，曼·雷摄

夏加尔、藤田嗣治以及巴黎画派所有名家的作品。

　　于特里约常常来罗莎莉的饭店，对自己引起的轩然大波毫无印象。他在那里除了遇到了莫蒂里安尼，还见到了其他一些画家，包括挪威巨人迪里克斯，诗人保尔·福尔、安德烈·萨乐蒙等。

　　想到店里吃饭，非要讨好罗莎莉不可。那时，她会主动赊账，喂流浪狗，同情老鼠，那些可怜的动物饿极了，咬坏了她藏在地窖里的莫蒂里安尼的画册。不过，有天晚上，她骂画家们的模特齐齐只吃6个苏的东西，第二天不让她进来吃午饭。

　　老板娘喜欢莫蒂里安尼，他们的关系充满了爱，但又很奇特。他们是老乡，两人都很容易冲动。天性使他们很快就会从甜言蜜语变成唇枪舌剑。在他们之间，永远是"喜剧"，但喝多一杯，便会成为"悲剧"。莫蒂会把画从墙上扯下来，撕得粉碎，把酒瓶扔得饭店里到处都是。吵架的时候，他们用意大利语骂个不停，第二天却又互相赞美，发誓一定互相友爱。

　　英俊的阿美迪欧会把自己的其他画挂到墙上，直至下次吵架。

　　"你应该养那些艺术家。"他不断地对罗莎莉说。

　　"为什么要养他们？"

　　"因为艺术家养不活自己。他们只会画画……然后呢？

嗨！……天知道！你看，"说着，他从墙上摘下他画的一幅漂亮的裸体画，笑着问她：

"你喜欢吗？……真的喜欢？"

"好了，坐在那儿，吃吧！"罗莎莉嘟哝道。

罗莎莉不会记仇，但不怎么会掩饰自己的感情。她不让有些人进她的饭店，尤其是那些赶时髦的人。她让他们去别的地方吃饭，她的菜和酒不是为他们而备的。她好奇心强，无法假装漠不关心的样子，经常加入客人们的讨论，这就免不了与客人发生冲突。

她是个寡妇，丈夫是阿布鲁佐[1]人。儿子路易帮助她

罗莎莉和她的儿子在饭店里（1935）

经营饭店。他们每天接待 24 个人，一个不多。当罗莎莉脾气好的时候，她会增加服务，一晚上更换三四次餐具。但过了 60 岁之后，她动不动就感到累。有时候，太多的客人在等位置，罗莎莉便呼天抢地："老天爷啊！他们把我当佣人了，"她嚷嚷道，"那些女人比我

---

[1] 阿布鲁佐，位于意大利中部，是意大利 20 个大区之一。

还年轻，让她们回去给丈夫或情人做饭吧！她们自己做饭比让一个老太婆做饭更容易。滚吧你们，这里什么都没有了！"见到有些时髦的女人，她便撵她们走："你们到老罗莎莉的饭店里来干什么？这儿对你们来说不够时髦！"然后，她会骂那些迟迟不走的人："没看见别人在等吗？有饭得大家吃！"

作为过来人，她老是劝那些经常没钱的人："如果身上没钱，那就要忍忍。"

对于那些缺吃少穿的人来说，这无疑是金玉良言。

但艺术家们并不听她的。他们知道在罗莎莉的饭店里总能找到吃喝，这个女人自己也吃过类似的苦，和他们有心灵感应。

最后一个酒商

阿波里奈尔似乎是一个极其悲观的人，听到巴蒂老爹转让饭店的消息，他发出了这一伤感的预言。巴蒂老爹的饭店位于拉斯帕伊大街和蒙帕纳斯大街交会的路口，像是一家乡村饭店。他家的酒好，让人原谅了菜的一般。

这个诺昂农民忧郁易怒的样子掩饰了其内心的狡猾，他早年当糕点学徒，年轻时是在贝里度过的，最大的事情就是给村里的那个"好心女士"送过一个大大的圆馅饼。

他那天是否被乔治·桑发现了，把他当作小说中的一个小人物？他完全不知道《魔沼》的作者的那部作品，所以也省得在这上面胡思乱想①。

巴蒂老爹

巴蒂以这副永远不变的样子，在饭店里接待全蒙帕纳斯的文艺界人士。吉罗杜骗他说，乔治·桑疯狂地爱上了他；阿波里奈尔把背叛蒙马尔特的人带到这里，如萨乐蒙和卡尔科；科克托则在这里听战斗教会②新教徒马克斯·雅可布具有启发性的话；画家夏尔·盖兰被素描画家兼版画家贝纳尔·诺丹的俏皮话和讽刺所吸引，都忘了喝他带汽的低度酒了，他向大家保证说，每餐喝一瓶酒是一个好男人最合适的量。

至于画家迪里克斯，他永远也忘不了有天晚上在巴蒂的饭馆里喝的 4 法郎一瓶的博内红葡萄酒。他激动万分，告诉了远在斯堪的纳维亚的朋友和熟人，并从此以后成了

① 诺昂是贝里的一个小村庄，临近安德尔。乔治·桑的外婆家就在那里，她常离开巴黎，在诺昂的城堡里写作。她善良、慷慨，被叫做"诺昂的好心女士"。《魔沼》是乔治·桑的代表作。
② 基督的教会分为三部分：胜利的教会（天国诸圣）、战斗的教会（现世众教友）、受苦的教会（炼狱灵魂）。

布尔戈涅红酒在北欧最积极的推销员。

在巴蒂的饭馆里，客人们喝着好酒，往往会忘了蹩脚的饭菜：低酒精度的"教皇新堡"、令人赞叹的"博内"、精致的"路易峰"，而且还都很便宜。老板为他的酒窖操尽了心。人们看见他在饭店里一边闻着客人的酒，一边用自己笨拙的手给客人温酒杯，如果通过闻或尝，觉得酒不够好，他便会撤换。

巴蒂老爹有个女儿，但夭折了；有个儿子，但在战争中被杀了，没有人来继承他的酒店。于是他隐退到他位于马恩省的小别墅里，在孤独中回忆在蒙帕纳斯的温暖岁月和特洛斯基给他赊下的账。

如果说，蒙马尔特的名人都慢慢地离开了高地前往蒙帕纳斯，巴蒂的徒弟，店里的老侍应阿希尔却一点都不担心。不久之后，他便搬到了勒匹克路。据说，学生超过了老师。人们发现，尽管下面时髦，有的好酒者还是回到了高地：Bonum vinum laetificat cor hominis（好酒让人心喜）。所以，在哪里喝并不重要。

『三圆』咖啡馆与『菁英』

夜之乌黑的穹顶，布满无数星星。

——维克多·雨果

　　1870 年的战争让德国的艺术家都逃离了巴黎，但战后印象派在德国许多大城市的成功又给了法国首都以新的魅力，吸引着莱茵河彼岸的画家回归蒙帕纳斯。

圆顶咖啡馆

最初来到圆顶饭店后厅的客人是来玩台球的。他们每天都聚集在那里，形成了一个没有明确目的、协会似的组织，如果有目的，那就是不与外界接触，集体为刚来到火车东站的人接风，然后立即带他们去"圆顶"。

安德烈·瓦尔诺给那家咖啡馆下了一个很好的定义，他在回忆录中写道："在'圆穹'开张之前，'圆顶'是蒙帕纳斯最生动的写照。它既是共同之家，又是公共广场、旅店、论坛、商店、拍卖行、聚居地和发生奇迹的场所……万头攒动，闲聊八卦，伴随着杯托和餐具的嘈杂声、杯子与桌子的碰撞声、呼叫孩子的声音、各种嗡嗡的交谈声……这个咖啡馆是个避难所，一个靠岸的码头，一个火车站，人们在那里等待一列永远也不会到来的火车。"

1903年，在慕尼黑艺术界有名的鲁道夫·莱维和在慕尼黑学院研究过绘画的布拉克人瓦尔特·邦迪，他们刚刚在慕尼黑和柏林的画展上发现凡·高的作品，两人在"圆顶"结下了友谊。他们的相遇将成为所谓的"圆顶派"的核心，许多人后来都参加了这个组织，如威廉·鲁道夫·海尔曼，即威尔·霍华德，这是个插图画家，也是《证人》杂志的出版人；画家阿贝尔·魏斯热贝格，1915年在前线阵亡，牺牲在索姆河附近；弗莱德里希·阿勒斯－海斯特曼、汉斯·普尔曼、里夏尔·格茨（先是流放到美国，后来入了美国国籍）；商人阿尔弗莱德·弗雷希特海姆；巴黎的画廊老板萨姆尔·宾，他在法国倡导日本文化，写过一本研究著作《艺术文化在美国》；收藏家和艺术评论家威廉·乌赫德。

1905 年 12 月 24 日，帕斯金坐上了前往巴黎的东方快车。他在"圆顶"的朋友们停止了玩台球，当他到达东站的时候，应该去接他。

尤利乌斯·莫德凯伊·班卡斯，漫画上署名为帕斯金，头顶巨大的光环，享有崇高的威望，因为他是幽默杂志《简单主义者》的作者。那本德国杂志反对军国主义和教权主义，在全世界都很出名。这个犹太人出身的保加利亚人精通铅笔画，20 岁的时候就与家庭断绝了关系。他从慕尼黑来到巴黎的时候，大家都知道他是个挥霍无度的玩家，非常活跃，尽管性格有些保守。

大家决定在德朗布尔路的"学校旅馆"给他租个房间，就在"圆顶"附近。再请他吃到巴黎的第一顿夜宵。当晚大家请他，小集体如此决定。大家知道帕斯金习惯大手大脚，所以这一特别的邀请对那些"圆顶"人来说意味着一笔挺大的开销。

大家在火车东站的站台隆重迎接他，拥抱、祝贺，然后马上去蒙帕纳斯。帕斯金放下行李后，去"圆顶"喝他的第一顿酒。对帕斯金来说，"圆顶"绝不是"火车站，在那儿等一列永远不会来的火车"。他将是车上最著名的客人之一,他逃往伦敦、纽约、南加利福尼亚、哈瓦那、新奥尔良偷闲,出发点便是瓦凡路口的那些咖啡馆。

从 1908 年开始,捷克人、匈牙利人和罗马尼亚人每天晚上来与"圆顶人"会合。在画室里工作了一天,来此放松放松。他们在令人窒息、烟雾腾腾的气氛中聊天、玩牌、讨论。

这些艺术家行为怪异,很少参加画展,在自己的祖国从来不展出自己的作品。他们懒懒散散,目的就是在那里偷闲,在"圆顶"的咖啡座打发时光,在蒙帕纳斯"幸福得像上帝在法国"。

40 岁时的马蒂斯

1907 年,亨利·马蒂斯 38 岁,已经被当作大师了。他对聚集在"圆顶"、围着斯坦①的那一小群美国和瑞典画家不吝指教,十分友好。

---

① 格特鲁德·斯坦(1874 ~ 1946),美国画家,后半生基本在法国度过,收集"印象派"、"后印象派"以及"立体派"的艺术作品。她在巴黎创办了一个沙龙,鼓励年轻作家和艺术家,并成为马蒂斯、毕加索和布拉克等艺术家以及海明威、菲茨杰拉德等作家的朋友。1907 年,斯坦在巴黎遇到同性伴侣爱丽丝·托克拉斯,两人从此一直生活在一起。

大家催他成立一所学校，招收所有想跟他学习的人。人们在荣军大道给他找了一间大画室，那是圣心修道院的附属建筑。从 1908 年 1 月起，他便在那里开课，提倡首先学习素描，因为安格尔认为，那是"绘画艺术的根本"，必不可少的基础。他说，每个画家的特色都是在素描的基础之上发展而来。他带领学生们去罗浮宫研究经典画家。1911 年，他的学校名声大振，每个周末，老师得给 50 多个画家改作业。他吓坏了，请求原谅，离开了，后来由鲁道夫·莱维来代替他，直到 1912 年。

1924 年，"圆顶"的老板保尔·尚蓬决定退出生意时，他是否好好地掂量过？欧内斯特·弗罗和 1927 年将创办"圆穹"的勒内·拉封，想离开他们位于皮加尔的"巴黎人酒吧"，回到蒙帕纳斯，弗罗曾在那里的沃吉拉尔路开过一家小饭馆，画家们常常光临。但大家都没想到的是，尚蓬信守诺言，决定留着咖啡馆。这一改变让他不得不投入 17.5 万法郎（900 欧元左右）①。一个月后，他告诉这两个同行，这次，要赖是猪，他同意让他们来经营"圆顶"，并许诺卖给他们。

弗罗和拉封经营得非常成功，两年后，咖啡馆的营业额翻了三番。如果尚蓬不在 1926 年收回许诺，拿回了咖啡

---

① 此处为旧法郎，下同。

馆，一切都将尽善尽美。这一回，尚蓬给了他们25万法郎（1300多欧元）。是他的长子马塞尔、幼子欧内斯特看见家里回报丰厚的产业丢了，让父亲改变决定的吗？

保尔·尚蓬，秃顶，头上只有一绺精心梳理过的稀稀拉拉的头发。他下巴突出，长长的胡子让薄薄的嘴唇显得格外引人注目。他系着黑领带，在咖啡馆里迎接客人，大儿子马塞尔则在欧内斯特的帮助下值夜班。

"尚蓬王朝"还将统治"圆顶"很长时间。1928年，欧内斯特宣布要开一家"美式"酒吧，也许是为了争夺喜欢"丁戈"的美国客人？"丁戈"是德朗布尔路美国人路易·威尔逊和他的荷兰妻子约比新开张的一家酒吧。

尚蓬老爹是个"诚实的奥弗涅人，善解人意，容易相处"，1958年8月去世。当时在巴黎的所有蒙帕纳斯艺术家把他护送到最后的安息之地。

"圆亭"，蒙帕纳斯的转盘

1921年9月19日，当查理·卓别林在道格拉斯·费尔班克斯和玛丽·璧克馥①在陪同下，完成欧洲各国首都之行，来到巴黎时，他访问的第一站就是圆亭咖啡馆，因

---

① 道格拉斯·费尔班克斯和玛丽·璧克馥均为当时著名的美国影星。

为好莱坞的人都跟他说那里多么奇特、多么不同凡响、多么特别。他一跨进大门，就受到了众人的欢迎和喝彩，比1919年威尔逊总统受到的欢迎还热烈。这种巨大的热情让夏尔洛①感到很窘，有点不知所措，他好不容易才溜走，搞得腰酸背痛，疲惫不堪。这个戴着瓜皮帽的小个子男人，长着一撮小胡子，走着鸭步，手里拿着拐杖，既受大众的热烈欢迎，也博得知识分子的喜爱。在蒙帕纳斯新近出版的一本书的序言中，某作家毫不犹豫地说，卓别林的才能远远超过莎士比亚。

圆亭饭店在圆顶饭店对面，"二战"期间，是有钱的德国人和美国人经常出入的地方。战前的圆亭咖啡馆不过是一家小饭馆，还没有创造传奇。1911年，维克多·利比翁收购了它，又把隔壁的肉铺也买了下来，扩建了饭店，并修建了一个咖啡座，朝南，可以让客人们享受阳光的温暖。利比翁厚道老实，头发花白，腿有些瘸，每天都穿着同一件深灰色衣服，是个不同寻常的老板。他毫无偏见地接待所有的新来者，从不根据他们的衣着和长相来做判断。他对大部分客人都很随便，把熟客当作自己家里人一样，允许没钱的人在饭店里待上一整天而不消费。当无家可归者来"圆亭"睡觉，他会指示侍应不准吵醒他们。1930年之前，

---

① 卓别林所塑造的小丑角色的名字，这里指卓别林。

19世纪的"圆亭"

维克多·利比翁让人难忘的饭店光芒四射，让全世界都知道了蒙帕纳斯。

　　一些不同信念的俄罗斯人，聚在那里没完没了地争论。"那时，"让·福兰说，"列宁的雨伞已经在'圆亭'滴水，列宁爱他年老的母亲。这个充满激情、反应灵敏的人在进行革命、成为经过防腐处理的偶像之前，应该先流亡饶舌的'瑞士'。"

　　雷翁－保尔·法尔格听着未来的苏维埃教育部部长、作家阿纳托利·卢那察尔斯基①坐在他旁边的独脚小圆桌

---

① 阿纳托利·卢那察尔斯基（1875～1933），苏联美学家，早年受普列汉诺夫影响，参加社会民主工党，后转向布尔什维克一边，十月革命后出任教育部长，1930年任驻国际联盟代表。

前,根据自己的精神导师的信条来判断艺术。后来成为"打破全能纪录、在法国政界无敌手"的年轻的亨利·克耶,对俄罗斯发生的事情非常感兴趣,心想,到"圆亭"来喝咖啡、在讨论中遭到他激烈反对的那个"极顶聪明的俄国人"是否就是列宁,可他的传记作者弗朗西斯·德塔尔对此表示怀疑。人们也能看到特洛斯基(1916年将被驱逐出法国)被长时间的棋局所吸引,而查尔斯·拉波保尔特①则想找个人听他谈论关于历史唯物主义的发展,可惜找不到。

但震动美术界的重要发现压倒了政治哲学方面的奥秘。自从某些好友,如斯坦、坎韦勒、阿波里奈尔、雅可布,一些画家和诗人朋友应邀去毕加索位于蒙马尔特浣衣舫的画室观摩《阿维侬的少女们》草样时,在蒙帕纳斯,绘画好像走向了一条全新的道路。

从萨拉戈萨②旁边的一个小村庄奥尔塔回来时,毕加索带来了他最初的几何风景画。"圆顶"和"圆亭"的几个自称艺术家的德国人对这种新潮流和创新理论极感兴趣,艺术评论家路易·沃克塞尔认真研究了这些"古怪的立体主义绘画",把这些画家叫做"巴塔哥尼亚的立体派画家"。亨利·马蒂斯呢,他也在1908年的秋季画展中谈起了"小立体派"。

---

① 查尔斯·拉波保尔特(1865～1941),原籍俄罗斯的法国社会主义者。
② 萨拉戈萨是西班牙第五大城市,位于东北部。

在德国，立体主义——此后，人们便用这个名字来称呼这个新流派——引起了艺术界的兴趣。人们发表文章、举办画展，并印制了插图丰富的目录单。有人坚称，它成了主流运动，因表现主义引起了不同意见，维也纳的分离派①则在原地踏步。

在毕加索改变风格、强化他的新画法之前，商人和收藏家寻找的是他粉红色时期的画作②。1914年3月2日，在特鲁奥酒店拍卖的《熊皮》系列中的155幅作品（朋友们收集起来的不分主题的藏品，用于家中的装饰）是最初的尝试。野兽派、立体主义等新画家的作品，在拍卖中首次受到欢迎。拍卖师亨利·博丹举起象牙槌，现场的专家有特鲁埃先生和贝恩海姆兄弟。

慕尼黑画商海因策·唐豪塞出价11500个金法郎（约24000欧元）购买他1905年的油画《街头艺人》，也称《街头卖艺者之家》。对于当时才33岁的画家毕加索来说，出价很高了。

只有乔治·布拉克还留在他位于丹库尔广场的画室，立体派画家都慢慢地开始搬离蒙马尔特，前往蒙帕纳斯了。

---

① 1897年，维也纳的一批艺术家、建筑家和设计师声称要与传统的美学观决裂，与正统的学院派艺术分道扬镳，故自称分离派。
② 1904年至1906年为毕加索创作的粉红时期，其时他的经济已好转，生活比较愉快，画作用色变为轻快的粉红；绘画对象也由蓝色时期的乞丐、瘦弱小孩和悲戚妇女转向街头艺人、杂耍艺人及风华正茂的妇女。

莫蒂里安尼、毕加索和萨乐蒙在 1916 年

他们也在瓦凡路口的"圆亭"会面。善良的维克多·利比翁看着这些络绎不绝地来到蒙帕纳斯的新住客，也有些走私犯混在里面——1912 年，酗酒和可卡因变得很时髦。有时，当贩卖"人造天堂"①的商人及其消费者不小心的时候，他便进行干预和惩罚，就像家中的母亲训斥自己的孩子们一样。

　　全世界的烟枪似乎都集中到了这里，在腾腾的烟雾当中，很难分得清谁是斯拉夫人，谁是南美人，谁是西班牙人，谁是阿拉伯人和犹太人，谁是北欧人，谁是移民者，谁是路过者，谁是来寻找机会给画家当写生模特儿的，谁是拉皮条的，来物色刚在蒙帕纳斯下车、想在巴黎落脚的布列塔尼女孩。饭店里，人们不断地来来往

---

① 指大麻等麻醉品。

往，哇啦哇啦地用各种语言交谈。他们衣冠不整或穿着
奇装异服，疯狂争执、昏昏欲睡或无所事事地埋头看书，
而有的情侣则上船前往希腊的基西拉岛了。

　　冬天的时候，他们围着铸铁火炉一直待在晚上，直到
吃晚饭。对他们当中的某些人来说，晚饭往往就是几个浸
在咖啡里的羊角面包，咖啡还是站在柜台后面的老板赊给
他们的。

　　慷慨的利比翁会送他们几片烤过的小面包，然后拿走
叠在他大理石圆桌上的杯托，以方便负责收银的职员算账。

　　1922年3月25日，海明威在他任记者的《多伦多星报》
上发表了一篇文章，对"圆亭"里的美国人一点都不客气，
把他们比作格林威治村的猛兽：

　　"纽约泛着泡沫劈头盖脸地涌到了'圆亭'附近的巴黎
　　片区……最厚最黏的污泥浊水终于越过了大西洋，通过下
　　午和晚上的活动，把'圆亭'变成了前来寻找艺术气氛的
　　游客们最感兴趣的地方。

　　"这类人，举止怪异，行为奇特，匆匆地围坐在'圆
　　亭'的咖啡桌前。他们都花了很大的力气来展现他们的个
　　性，以大同小异的怪异方式，把自己的服装弄得怪里怪气。
　　'圆亭'的天花板很高，烟雾腾腾，桌子拥挤，一眼看上去，
　　还以为是走进了动物园的一个鸟笼。"

　　不知道《永别了，武器》的作者着了什么魔，他竟然

《永别了，武器》的作者海明威

断言："在'圆亭'可以找到想要的一切，除了严肃的艺术家。让人烦恼的是参观拉丁区的人都走进了'圆亭'，以为在那里能见到巴黎真正的艺术家。我谨公开地予以纠正，因为巴黎能创作有价值的作品的艺术家都恐惧和讨厌'圆亭'的嘈杂。"

愤怒之中，海明威扩大了拉丁区的界限，但对安大略的读者来说这又有什么关系呢？

一个24岁的记者信笔写的文章。他似乎并不知道画家苏丁、基斯林、德兰、弗拉明克、克莱梅涅、帕斯金、弗列兹和诗人萨乐蒙、马克斯·雅可布都常去"圆亭"。

斯坦女士给他开导过吗？在德国画家汉斯·普尔曼的带领下，她只去"圆顶"。普尔曼是马蒂斯的崇拜者，他是在斯坦家里遇到马蒂斯的，毕加索和费尔南德·奥利维埃也常去那里。她是否诅咒过诚实的利比翁？大家都知道，反对弗洛里路27号的女才子是没有好处的。

蒙帕纳斯王子莫蒂里安尼

1926年，海明威的态度好像温和了一点。他在《太阳照常升起》中，借书中的人物之口说："在右岸，无论你要出租车司机把你送到哪家咖啡馆，他总是把你放在'圆亭'门前。而十年后，无疑是'圆顶'。"

阿美迪欧·莫蒂里安尼在威尼斯学画时候，做梦都想去巴黎。他隔壁画室的智利人曼努埃尔·奥里兹·德·扎拉特跟他讲述过画家们在蒙马尔特的生活。他想去那里的强大愿望终于让家里人作出了让步。

莫蒂里安尼英俊潇洒，他穿着起皱的丝绒服装，蓝白相间的方格衬衣，红围巾，精心打扮，风度翩翩，很难不

莫蒂里安尼英俊潇洒，风度翩翩，很难不引人瞩目

引人瞩目。他长着一张漂亮的脸蛋，却有一颗无动于衷的心，对什么都不在乎，沉默寡言，好像跟野兽派风马牛不相及，跟未来派也相距甚远。他更喜欢泡咖啡馆而不是去

画室。从 1907 年起，收藏家保尔·亚历山大就买了他的第
一批画，次年在独立者沙龙展出了 7 幅。

　　1909 年，莫蒂里安尼在家乡待了一段时间后回到巴黎。
他离开了蒙马尔特，在蒙帕纳斯的法吉埃尔小院里住下。
在离那儿不远的隆森胡同，他见到了康斯坦丁·布兰库西，
后者鼓励他做雕塑。在此后的好几年当中，他常常到附近
的工地顺手捡石块，在上面雕刻，先是雕女性头像，后来
为一个计划中的"美神殿"雕女像柱。

　　他在"圆亭"遇到了苏丁、基斯林、帕斯金，成了蒙
帕纳斯最出名的人之一。他不断地在小本子上画画，然后
又愤怒地把它们撕掉。他常常喝得酩酊大醉，利比翁不喜
欢他老是这样出洋相，两人经常发生争吵，引来不少好奇
者，也招来了警察。老板觉得这对饭店的名声有影响，不过，
菩萨心肠的利比翁还是时不时地买几张他的油画，想抵销
一点赊账的数目。

　　毕加索保留了他在浣衣舫的画室，和费尔南德·奥利
维埃住在蒙马尔特高地的脚下，克里希大街 11 号。他后来
和被他新征服的女人爱娃·古埃尔（他在油画中把她叫做
"我的美人"）搬到拉斯帕伊大街 242 号，在那里制作了最
早一批"贴纸"，然后又搬到了肖勒榭尔路乙 5 号，就在蒙
帕纳斯墓地对面。1915 年，爱娃去世。毕加索几乎精神崩
溃，他孤单一人（他的朋友们都上前线去了）重新投入创作，

替《滑稽表演》[①]画布景，让·科克托已催他多时。

人们有时也能在"圆亭"看到他在喝加奶咖啡，穿着有污迹的旧雨衣，戴着马房男孩的那种帽子，默默地用他茨冈人的眼睛观察那群吵吵嚷嚷的人，但很少加入他们的谈话。他去西班牙旅行，在塞雷、索格斯和阿维尼翁逗留，所以常常远离蒙帕纳斯。他后来还不时回来，但不再住在那个街区。

战争快结束的时候，休假的军人、伤员和退役军人陆续回到"圆亭"，却不见利比翁老爹了。落魄画家们的这个"好心人"卷入了一桩美国香烟走私案，被揭发，也许是当时蒙帕纳斯咖啡馆到处可见的哪个告密者干的。他不得不卖掉家产，交纳罚金。可怜的利比翁老爹走后，很快就被人忘记了。没有一个人真正想知道他后来的下落。

不过，我们可以肯定，维克多·利比翁是蒙帕纳斯黄金岁月时期最活跃、最不知疲倦的人物之一。

不可思议的克雷文先生

关于这个怪异的阿瑟·克雷文，从来没有人知道他出身何方，又是怎么死的。他自称是爱尔兰人，是奥斯卡·王

---

① 科克托 1917 年与毕加索、萨蒂联合创作的芭蕾喜剧，由俄罗斯芭蕾舞团演出。

怪异的阿瑟·克雷文

尔德的侄子，诗人、出版商、拳击手。这个身高近两米的巨人，体重惊人，自命不凡，随时准备训斥别人。

1914 年战争爆发之前，他常常光顾"圆亭"。这个不到 30 岁的英俊的年轻人目光里透出不安，说自己靠从路易斯安那州的一个珠宝商家里盗来的东西生活。作为诗人，他并没有设法在《法兰西信使》或《诗与散文》杂志上发表自己的作品，他知道干这一行的人太多。他自己创办了一份评论刊物，叫《现在》，小开本，纸质很差，排版粗糙。他一个人身兼数职，既是社长又是唯一的编辑。他不尊重任何人，他关于文学荣誉和艺术的言论只能吸引自己的几个朋友。

阿波里奈尔在《独立人沙龙》的一篇报道中，读到他暗中伤害玛丽·洛朗森的文字时，怒火万丈，为玛丽的清白辩护。克雷文以讥讽回敬，尖刻得不亚于刀剜人心。

他靠杂志的广告费谋生，实行"实物置换"的办法：面包商给他提供餐包、羊角面包和其他维也纳点心；煤炭零售商给他提供冬天取暖用的东西。我们的这位老兄白天和黑夜都是街区小旅馆的住客。

他在蒙帕纳斯的墙上贴满了讲述他体育生涯的海报，然后前往巴塞罗那，向世界全能冠军、拳击手杰克·杰克逊挑战。第一轮才开始几秒钟，他就被淘汰了，愤怒的观众大骂，要求退票。

他在讲台上比在擂台上更加自如，于是便去纽约做讲座。加布利埃尔·布菲-皮卡比亚曾说，马塞尔·杜尚建议他介绍一下新艺术，克雷文拖着一个行李箱，醉醺醺地登上讲台。面对台下的饱学之士，他突然从箱子里拿出肮脏的衣物，扔向大家。最后，警察不得不到场干预，结束了他的演讲，当时，他正当着被吓得大惊失色的听众的面，脱光衣服，准备跳脱衣舞。

"多么漂亮的讲座啊！"杜尚在出门的时候大声地说。

安德烈·萨乐蒙一点都不喜欢他，但还是在《回忆录》中承认他有点才能，当然不无保留：

"尽管大胆得有点像黑人，有营房里的那种色情，食堂里的那种男性崇拜，研讨会上的那种粗俗，但老实说，我们还是不能无视阿瑟·克雷文的那种骨子里的诗意。"

1917 年，美国参战，结束了克雷文的那种美国式的奇异举止。他去了墨西哥，带着一个他娶了的年轻的英国女人。他在一家俱乐部当拳击教练，又向一个冠军挑战，但还是没有成功。那个冠军是墨西哥人。这一新的失败让他彻底结束了体育生涯和他在俱乐部里的活动，因为学生们纷纷离开了他。没有人知道他的一生是如何结束的。有人说，他去了阿根廷，帆船在海上失事沉没了；还有人说，他与一个犯罪集团在墨西哥和美国边境遇到了骑警，在冲突中中弹丧生。

　　对阿瑟·克雷文"这个值得赞扬的粗俗者"（安德烈·萨乐蒙语）来说，Acta est fabula[①]了。

多情而悲惨的命运

　　有人说，"美好岁月"并非对所有的人都美好，正如"疯狂岁月"一样。不是蒙帕纳斯所有的艺术家都生活在节日和狂欢中。

　　如果说，丁香园中以保尔·福尔为首的诗人，在弗洛里路斯坦家中或在"菁英"喝咖啡的美国作家们可以说过着无忧无虑的生活，其他人则在艺术上，或者在爱情上，遇到了他们无法克服的阻力和障碍。

　　难道能指责老天让莫蒂里安尼、埃布图尔纳、帕斯金和超现实主义者克莱韦尔、里戈、瓦歇、安施帕赫（安德烈·德兰的伴侣）、编舞者佳吉列夫和博林命运悲惨？

俄罗斯芭蕾舞团的佳吉列夫

[①] 拉丁文，意为"剧终"。

经历了那么多激烈的动荡和不眠之夜，酗了那么多酒之后，最后却落了个可悲的结局，荒谬地自杀。无法结合的恋人以悲剧而告终，作品不完美或不为人所知的画家在失望中死去。

1920年1月24日，36岁的莫蒂里安尼由于生活不节制，死于慈善院。与他的朋友苏丁相反，他生前作品并没有完全被人了解，1917年12月，他在泰布路贝特·威尔家里举办的最美裸体画展引起了风波。15区警方要求他把画从玻璃橱窗里撤下，以免伤大雅。莫蒂里安尼去世两天之后，他已怀孕的年轻伴侣让娜·埃布图尔纳不愿一个人活下去，从她父母位于昂约路家中的5楼房间跳窗自杀。

为了解决画家的丧葬费，忠诚的诗人兼画商茨博罗夫斯基劝一个收藏家以1000法郎的价格买了莫蒂里安尼的一幅漂亮油画。

"我很愿意付这笔钱，但在这之前，我希望能向我保证他确实已经死了。"那位艺术爱好者说。

于是打电话到慈善院确认。莫蒂里安尼一离开人间，便进入了传奇。在他的葬礼上，毕加索指着淹没在鲜花丛中、受警察们立正致敬的灵车对卡尔科说："你看……他的仇报了！"

莫蒂里安尼死后的第二天，他的作品就行情看涨，并且在不断地攀升。

帕斯金和他的模特儿们

　　帕斯金画素描，也画油画，他喜欢女人和妓院，热衷于搞庆典款待朋友们。这个让人好奇的花花公子，穿着一件裁剪得体的黑色服装，围着一条永远不离身的白色围巾，脚蹬包着鞋罩的尖头漆皮鞋，天然鬈曲的头发上斜扣着一顶瓜皮帽，遮住了"被驯服的猛兽那样的闪着金光的眼睛"（保尔·莫朗语），长长的鼻子，性感而倔强的嘴唇。

　　尽管年纪轻轻，他来到巴黎的时候身上已经布满光环，他在素描方面的才能深受大家的赏识，他诱惑女性的本领也远近闻名。他娶了爱尔弥娜·大卫，却疯狂地爱上了露西·维蒂尔。在他长时间离开美国期间，露西嫁给了一个挪威画家佩尔·克罗格，生了一个儿子。回到巴黎后，帕斯金和露西重逢了，爱得死去活来。当他得知露西已经结

婚,而且有了个儿子,他们永远不能再幸福地生活在一起时,
1920 年 6 月 2 日,他在克里希大街的画室里自杀了。

"露西啊,"他在最后一封信中写道,"别恨我做出了
这种事,为了你的幸福,我得离开。永别了!永别!"他
割开自己的动脉,然后用食指蘸着血,用大写字母在储藏
室的门上写着:"永别了,露西。"人们发现他吊死在自己
画室的门上。那年他 45 岁。前一天晚上,他还和贝恩海
姆签了一个合同,答应给好友们一个大大的惊喜,却不想
当场说明。和莫蒂里安尼不同的是,帕斯金生前就获得了
成功。

在那个享乐匆匆、日子过得飞快的年代,有的人献出
了自己的生命,而这些堪作爱情典范的恋人,在疯狂岁月
里爱疯了,因不能生活在一起而自暴自弃,如同那些似乎
不想再活下去的不幸者。在最近的屠杀中,法国死了 150
万人,人们对生命已经不太在乎。

然而,这场战争刚刚结束,人们就已隐约听到匆匆的
脚步声,要求得到补偿。尽管未来还不明朗,但有人要完
成自己的作品,而另外一些人,则立即过起空虚无聊的生活,
他们当年有多失望,现在的激情就有多澎湃。

跟帕斯金一样,莫蒂里安尼的作品今天已传播到世界
各地,被大收藏家或博物馆所收藏,这证明了这些艺术家
虽然生命短暂,但才华横溢。

"不许你当我的女人们的面激动"

　　位于蒙帕纳斯大街 99 号瓦凡路口的"菁英"1924 年开业，这是第一家通宵营业的咖啡馆。其特色菜，尤其是它的威尔士干酪，很快就吸引了众多的美国客人。

菁英咖啡馆

　　当时的巴黎正处于激情洋溢时期。那几年疯狂岁月引来了无数历史学家、魔术师、天才和骗子。十年当中，满目都是挑战、勇敢、极端和疯狂。血腥的第一次世界大战结束后，年轻人希望告别悲惨的日子，摆脱禁忌，跟随着新的作家：莫朗、桑德拉尔、科克托、阿拉贡、布勒东。一些年轻的音乐人米约、奥里克、索盖、普朗，他们从萨

蒂、德彪西、拉威尔和爵士乐中汲取了营养，发现了尚未
开发的音响领域。在美术界，立体主义、野兽派、辐射主
义、俄耳浦斯主义一时间似乎被达达运动的嬉笑怒骂所遮
蔽，皮卡比亚不断发起挑衅。

　　1925年，把女性从胸衣撑中解放出来的保尔·布瓦雷
非要充当裁判，来决定女性如何才算优雅。他的荣耀达到了
顶峰。谢瓦利埃和米斯坦盖也分别在巴黎的大酒店和赌场获
得了成功。在香榭丽舍剧院，约瑟芬·贝克只需一个晚会就
足以征服巴黎。她腰里插着羽毛和香蕉，头发抹着发膏，成
了《黑人杂志》的女明星。大家摩肩接踵，在"骑师"和"黑

约瑟芬·贝克的葬礼，万人空巷

人舞会"的舞池上，踩着查尔敦舞的切分节奏跳舞。塞纳河边，在亚历山大三世桥和阿尔玛桥之间的大楼里，装饰艺术展硬是让大家接受了新的形式与色彩，马若雷尔的家具[①]和加莱[②]的花瓶纷纷被运进了佩饰商店。

诺阿伊伯爵夫人

安德烈·雪铁龙垄断了埃菲尔铁塔，用火红色的字母把自己的名字贴在上面。在巴黎和在多维尔一样，范东根订购了一些肖像，放进自己的画室，其中包括著名作家法朗士、女歌手索里朵、女诗人诺阿伊，以及卡斯特拉内、谢瓦利埃、阿尔莱蒂、吉特里、阿迦汗的肖像。

　　对于垮掉的一代（如果海明威说得对，这一写入历史的叫法要归功于格特鲁德·斯坦的车库修理工），"菁英"是培养美国作家的集合点，将在现代文学史上留下痕迹。

① 路易·马若雷尔（1859～1926），新艺术运动的代表人物，他设计的作品，功能从属装饰的特点十分明显。他在家具设计方面成就卓著，所以有"马若雷尔式"家具之称。
② 埃米尔·加莱（1846～1904），法国新艺术的首席代表，以精湛的工艺，领导法国工艺美术向当时工业革命大量制造机械产品挑战。

麦卡尔蒙与仍留着老江湖那样的大胡子的海明威，是其中最早的几根台柱——尽管海明威偏爱"克鲁尼"和"丁香园"。老板雅贝尔夫妇虽然不是很喜欢艺术家，还是目睹了"亨利·米勒的疯狂文学"（尼诺·弗兰克语）的繁荣、费茨杰拉德的酒后狂言、埃兹拉·庞德惊人的智力调查范围、格什温的《一个美国人在巴黎》的音乐题材、加尔德小马戏团走钢丝的动物。在"菁英"，如同在"骑师"和"丁戈"那样，经常有英语作家来往，如乔伊斯、福克纳、多斯·帕索斯、布罗姆菲尔德、奥斯卡·王尔德、T.S.艾略特。

范东根和诺阿伊伯爵夫人

范东根和他的模特儿

乔伊斯常去"菁英"

1929 年 10 月 24 日，华尔街股市崩盘，断送了"咆哮的二十年代"①。不到半个月，就有大批的美国人撤离了巴黎。对"菁英"来说，这是暂时的间歇。美国作家走了之后，来了东欧的画家。他们远离"圆穹"嘈杂的客人和"圆顶"的德国人，在这个朴实一些的大厅感到像是在自己家里一样。克莱梅涅、沃洛维克、海顿、捷列霍维奇、米雄兹、基可因和派克尼等画家以及其他人都在此聚会。

也是在"菁英"，被藤田嗣治叫做育齐的迷人的露西·巴杜儿，决定让苏丁和帕斯金两个人见面。这可不容易，这两个画家话不投机，尽管喝了许多威士忌，气氛还是很凝重。

---

① 咆哮的二十年代，指北美地区 20 世纪 20 年代这一时期。这一时期发生的激动人心的事件数不胜数，因而有人称这是"历史上最为多彩的年代"。

同样都是天才，但苏丁在各方面都与帕斯金不一样

"别以为我不喜欢你的画，你可爱的女人们很让我激动。"苏丁说。

"先生，不许你当我的女人们的面激动。"帕斯金回答说。

假惺惺地友好一番之后，两人差点吵起来，但离开时双方都安然无恙。他们俩之间一切都不一样：艺术、性格、生活方式——甚至连他们都笃信的犹太教也没有让他们走到一起。

1928年，罗歇·维特拉克的《维克多或掌权的孩子们》首演之后，这家咖啡馆成了一场著名争吵的搏斗场。维特拉克和他的朋友们阿尔托、苏波、莱里斯、普雷维尔、里伯蒙－德塞涅等被开除出超现实主义阵营之后，参加了一份论争小册子的起草，把布勒东当作警察、神甫、骗子，还用了许多别的伤人的形容词。超现实主义教皇的近卫军们① 要求他做出解释，结果造成了流血事件。

"'菁英'有一种古老的魅力，就像以前出没于'疯狂牧羊女'剧院后台、戴着夹鼻眼镜的老先生们。"它今天的一位忠诚顾客，作家帕特里克·图多雷这样写道。

他躲到这里进行"文学思考"，坐在充当书桌的餐桌前，继承右岸大道和圣日耳曼德普雷昔日那些作家的传统。

---

① 指捍卫普鲁东的支持者。

今天，"菁英"凌晨两点打烊。再吵吵嚷嚷地开到黎明已不合时宜。岁月与回忆已使它的装饰色彩斑驳，不禁让人回忆起蒙帕纳斯无忧无虑的年代。

我们想起了海明威死后出版的著作《巴黎的盛宴》甜蜜而苦涩的结尾。在那本书中，他讲述了自己初次来巴黎的经历："我们年轻时的巴黎就是这样的，那时我们很穷，但很幸福。"

说了"圆亭"和"圆顶"，为什么不说说"圆穹"

"圆顶"不弄到手，是否要到"圆穹"的地下室试试运气？欧内斯特·弗罗和勒内·拉封这两个土生土长的奥弗涅人，就是咖啡馆行业的卡斯托耳与波鲁克斯①，不过，与那两个神话中的英雄不同，爱情上的任何竞争都无法把他们分开。

"圆亭"饭店可敬的老板尚蓬先生优柔寡断，这给他们带来了很多麻烦——我们刚才已经看到了，这对表兄弟失业了。他们过去的一个客人告诉他们，"菁英"对面，蒙帕纳斯大街 102 号的朱格拉木炭堆放场即将转让，可能会在那里建一个修车场。那人建议他们找那块地的主

①卡斯托耳与波鲁克斯，古希腊罗马神话中的孪生神灵，援救遇难船员，保佑行船顺风。

人谈谈。那人叫加巴尔达，是个出版商，专门出版道德教育著作。他们对商谈的结果并不抱什么希望，去了公证人莫雷尔·达勒克斯先生的事务所，加巴尔达约他们在那里见面。让他们大吃一惊的是，对方不但很重视他们的建议，反而善意地研究起来。他们按这类商谈的常规进行了讨论，得到了一份为期 20 年的合约，还允诺将来可能会卖给他们，并允许他们在那里搞建设，总价格是 230 万法郎（合 8800 欧元左右）。尚蓬老爹的违约和"巴黎人酒吧"的出售使他们发现，尽管有人抱悲观论调，在那块差不多有 800 平方米的地皮上，可以盖不少大面积的饭店，当然，他们只是租客。兄弟俩回忆起了"圆顶"的晚会。在那里，由于缺乏座位，每天晚上都要挡掉不少客人。所以，现在打算要盖大的。他们请设计师巴里莱和勒布克设计一家三层的大饭店，带酒吧、舞厅，并在蒙帕纳斯大街的人行道上建一个 30 米长、3.5 米宽的露天咖啡座。

1927 年初，工程动工的时候，那块地皮上都是煤灰，那都是经营煤炭所留下的，此外，还有几个工棚。一开始，地质勘探就发现这块地的下面是丹费尔－罗什洛矿层，属于宽大的地下坑道系统，有 22 米深。建设者不得不打了 24 根大桩，以支撑未来的酒店两个各 800 平方米的楼层。地下室则浇灌水泥，用来做酒窖和舞厅。

这两个将成为老板的表兄弟知道，在蒙帕纳斯建这么大一家饭店真是疯了，他们觉得生意会很难做，但 audaces fortuna juvat[①]。

不过，在涉及天花的高度时，兄弟俩与建筑师发生了意见分歧。弗罗和拉封不想再见到"圆顶"那样的烟雾腾腾的景象，决定大堂的天花板起码要有 5 米高。

"疯了！"建筑师说。

但奥弗涅人像以往一样，总是在争论中取胜。

接下来，就是给饭店取名字了。建筑师勒布克建议把蒙帕纳斯大街另外两家大饭店的名字改动一下。有了"圆亭"和"圆顶"，为什么不能找一个相近的名字，比如说"圆拱"、"圆穹"、"圆球"呢？大家最后兴冲冲地选择了"圆穹"。这个名字的附带语义似乎能吸引弗罗和拉封都很期盼的艺术家顾客。

星期天出来闲逛的人，好奇地想知道围栏后面在搞什么名堂，他们都在猜测：是不是地铁要挖一条新隧道？竟然有人敢建煤气储藏库？抑或是修建水塔？有人想破坏蒙帕纳斯大街的景观？ 12 月初，给蒙帕纳斯未来的"圆穹"做内部设计的索尔韦订购了许多长凳、桌子和圆凳时，好奇的众人才放下心来。

_____

① 拉丁文，意为"不入虎穴，焉得虎子"。

弗罗和拉封，这艘又高又大的轮船上的"船长"，招募了一个"大副"，叫阿斯托尔，是"李树"酒店过去的总管，他应邀组织酒店的团队。起初共有45个雇员，其中30个男孩，他们参加了最后的准备工作：灯光、桌椅、绿色植物……画家亚历山大·奥弗雷看见柱子上没有任何装饰，感到很吃惊。拉封回答他说，交给蒙帕纳斯的艺术家们来办吧！于是，雷翁·博纳和让-保尔·洛朗的这个学生便请他的朋友们来装饰大厅里支撑着天花板的高大柱子，新船上的桅杆。32个画家来完成这个任务，每个人都根据自己的爱好画一幅画。他们往往受新艺术运动的影响：野兽派、立体派、俄耳浦斯派……

由于这些作品都是用裱画胶粘贴上去的，所以现在还能在柱子上欣赏到它们，但画家的名字已经看不清楚了。开张之前，在欢乐的嘈杂声中，他们亲自把自己的油画固定在柱子上头。不过，大家知道，许多"来自寒冷地区"的画家，俄罗斯、波兰、匈牙利……也一定要来出把力。在法国画家当中，我们可以列举出以下名字：费尔南·贝尔蒙特、安杰勒·德拉萨尔、西吉西蒙多·让内斯、卡米尔·利奥苏、让-阿尔封斯·斯蒂瓦尔和今天有些被人遗忘的莫里斯、特罗尚-梅纳尔。而玛丽·瓦西里耶夫、路易·拉塔皮、让·隆巴尔、莫里斯·萨凡、儒勒·赞格，大家记得更清楚，博物馆里也更常见。我们不知道莱热尔和弗列兹是否也参加了这一绘画大拼盘。

　　1927 年 12 月 20 日，巴黎的名流都冒着寒冷和冰雹，前往蒙帕纳斯大街的这艘华灯四射的大船。人们看到许多漂亮的女性穿着晚礼服，披着貂皮和狐皮大衣，挽着穿燕尾服、叼着香烟的男士款款而入。

　　弗罗和拉封站在门口迎接他们的 2500 多名客人。饭店的员工在大堂经理阿斯托尔先生的指挥下，立正等待着嘉宾们，念念不忘大家都等待着他们的服务。

"圆穹"咖啡馆

夜深了，朋友和熟人们仍来来往往。在蜂拥而至的人群中，人们认出了让·科克托、布莱斯·桑德拉尔、摩西·基斯林、育齐、藤田嗣治、莫里斯·萨克斯、莫里斯·德·弗拉明克、曼·雷和皮埃尔·伯努瓦，后者常和安德烈·萨乐蒙在鲁奇和浣衣舫流浪。

午夜还没到，预计当晚消费的 1200 瓶香槟已经空了，只能火速派晚会的拍档"穆姆公司"的代表打的去找援助。可在等待增援的科尔东红酒到来之前，几个渴得忍不住的人"抢劫"了地窖。负责看守地窖的是拉封的岳父，他伤心极了：再也没有红酒、开胃酒、烈酒和烧酒了。这位细心地把酒窖安排得好好的老实人遭抢了。与此同时，自助餐也遭到了进攻，一万个土司片、几千个煮鸡蛋和数百个蛋糕一下子就不见了。这时，香槟酒赶来支援了。

据说，在混乱之中，有的客人抓起酒瓶就走，跑到安静的地方去喝了；最不讲道理的，甚至跑到"圆穹"的竞争对手、当晚人没那么多的酒馆去喝了。没关系，开张十分成功。半个多世纪以后还有人记得这事。

在这盛宴之夜的第二天，数百人应邀来吃午饭。大堂里、酒吧里、咖啡座里，没有一个空位置。弗罗和拉封的客人们坐在高达 5 米、分布在两个楼层的 1600 平方米的大厅里，欣赏着这家在开张之前就已大名鼎鼎的饭店。

看到布满鲜花的高台中间亮晶晶的喷泉，大家都惊呆

巴黎所有的名流约人吃饭都到"圆穹"

了。人们在贴着绘画作品的柱子之前流连，欣赏着侍应们
在厨房与大厅之间跳芭蕾似的穿梭来往。而在大厅尽头，
勒内·拉封的妻子和妹妹在庄严的收银台后面控制着局面，
什么都逃不过她们警觉的眼睛。

　　从此，巴黎所有的名流约人吃饭都到"圆穹"：有的人
我们知道他们姓什么，却不知道叫什么，于是便给他们起
名字：齐齐、育齐、克洛迪娅、青阿、玛多、费尔南德。
至于来饭店吃饭的有钱人，他们的另一项乐趣是给来酒吧
的众多艺术家对号入座，鲍伯·路德维奇就认真地做了这
项工作：德兰、弗列兹、弗拉明克、基斯林、克罗格、藤
田嗣治、阿尔托、桑德拉尔、布拉瑟尔、维特拉克、德斯

诗人阿拉贡和艾尔莎在"圆穹"

诺斯、爱伦堡……1928 年 11 月 6 日，阿拉贡第一次遇到艾尔莎·特里奥莱就是在"圆穹"。

那些难忘的日子过去 70 多年之后，剩下不多的几个老人还能证明，"圆穹"的传统并没有遭到什么破坏。忘记这一传奇，打破神话，对这个已经写进巴黎生活史中的重要地点来说将是致命的。

1987 年的房地产工程计划无疑引起了恐慌。1988 年 1月，"圆穹"转给了让－保尔·比谢，所以 60 周年庆典显得有点凄凉。

勒内·拉封带着家人离开了蒙帕纳斯，但新老板向他保证，将保持饭店的原始用途。拉封对新老板很熟悉：那是弗罗集团的一号人物。历史证明，他的公司所负责的每个项目都严格保持原先的传统装饰，坚决捍卫其先人长期以来所积累的魅力和吸引力。

「蜂箱」里的蜜蜂和熊蜂

"蜂箱"里最初的嗡嗡声

雕塑家阿尔弗雷德·布歇是墓碑专家，但他在人道主义和慈善活动方面比在《雷奈克发明听诊器》的创作上[1]更出名。1900年，当万国博览会在世纪末的一片欢乐中圆满结束时，他获得了沃吉拉尔的一个地块。在工地上用来拍卖的旧楼中，他买下酒庄的红酒馆。那是一个圆顶的高大建筑，上面有尖顶，四边有几个副楼，部分画家可以在那里创作，并以低廉的价格居住下来：一楼才50法郎一年，楼上的画室或房间150法郎。他花了很少的钱，在沃吉拉尔屠宰场附近丹齐格小路2号，在一个会修修补补的侄子的帮助下，盖了一个奇特的建筑，半像宝塔，半像水塔，

---

[1]《雷奈克发明听诊器》系布歇创作的半身胸像。雷奈克（1781～1826）为法国医学家，听诊器的发明者。

墓碑专家阿尔弗雷德·布歇

大门上方有阳台，由两根从妇女馆的废墟中捡来的女像柱支撑。他还从英属印度馆的废墟里找来了一些浮雕，用来给这个以后的集体住宅装饰外墙。

这座综合性的建筑起先叫做美第契别墅，后来俗称"蜂箱"。1902年春，这一建筑启用时，公共教育和美术部部长约瑟夫·肖米埃精辟地指出，阿尔弗雷德·布歇的这个企业具有慈善性质，这与总理爱弥尔·孔布理想、崇高和社会哲学的精神是相吻合的。

这就是所谓的"蜂箱"

两百多个画家将住在这一嘈杂而拥挤的地方。

"当我来到'蜂箱'的时候,"意大利作家、画家和传记作者阿尔登戈·索菲奇说,"我遇到了各年龄段的画家、衣食无着的人和手工匠,他们当中有法国人、斯堪的纳维亚人、俄罗斯人、英国人,也有美国人;有德国雕塑家和音乐家,也有意大利模具工;有版画家,也有哥特式小雕像的仿造者;还有一些来自巴尔干半岛、南美和近东的冒险家。有的人和老婆或情妇生活在一起,而有的人,比如说我,则单身一人。"

这座巴别塔①将成为一个极为独特、前所未有的艺术大熔炉。在这个共同体中,把大家联系起来的,是贫穷。

————————————————

① 巴别塔,宗教传说中的高塔,也称巴比伦塔、通天塔。据《圣经》,当时人类联合起来,想兴建能通往天堂的高塔。为了阻止人类的计划,上帝让人类说不同的语言,使他们之间不能沟通,计划因此失败,人类自此各散东西。

"蜂箱"创始人布歇（右下）和他的"蜂箱"内外

这个"蜂箱"，不仅仅是蜂箱，在这个圆顶建筑物旁边，盖着许多各式各样的小屋，有的是给雕塑家住的，有的则改建成展厅、门房或工匠的住所。一个拥有三百个座位的剧院（当时还是大学生的路易·儒韦将在那里主持"艺术行动剧院"），法兰西歌剧院和蒙帕纳斯大街的艺术家们，勒巴尔奇、费洛迪、德马克斯、玛格丽特·莫里诺等，后来都将在那里演出莫里哀和都德等人的戏。

塔是六边形的，里面的画室却呈三角形，角落用作厨房或杂物间，往往都用门帘挡着。大门上头有间小屋，放一张床，用来睡觉。

三角形房间里地方最大是玻璃窗洞，光从外面透进来。每个蜂窝状的房间里都住着一个画家，那是"我的画家"，正如阿尔弗雷德·布歇亲切地说的那样。

里面的卫生很差，根本就无法与老鼠和臭虫作斗争，恶臭难闻。

排场和贫寒奇特地和平相处，在田园般的背景中，"蜂箱"与它带栏杆的阳台、女像柱、雕花大门似乎构成了一个怪异的小城堡。装饰得漂漂亮亮的背景掩盖了里面居民的贫困：缺吃少穿的艺术家，大部分是法国人和波兰人，其中混杂着地位低微的工匠、俄罗斯贵族出身的移民和来自各国的不合群的人。加布里埃尔·瓦赞，未来的汽车与飞机制造者也和弟弟夏尔在这里住过。

个人主义思想严重的法国人独自居住在画室里，而团结得如同无家可归者一样的波兰人则生活在一起，同舟共济。在朝着蒙多邦路，也就是"王子角"那个方向的房间里，住着经济条件好一些的画家。布歇这个利人主义者给自己弄了一间小屋，1934年，他在阿列克斯－莱潘去世，如今已很不公平地被人遗忘了。谈到20世纪巴黎画派的历史时，人们常常会忽略"蜂箱"的这个创始人。

"蜂箱"的第一批蜂蜜

那么多来自俄国和波兰的犹太人，使"蜂箱"给人以犹太人居住区的感觉，尤其是每个星期都有一个小老头拖着有篷小车，从玫瑰枝路来到此地，为艺术家们提供辣根菜香肠、鲱鱼、盐水黄瓜、茴香面包和伏特加。那个可怜的男人长期给人赊账，后来破产而死。

在租客当中，有几个非常特别的人——假艺术家、真疯子，他们也混在这群有本领的人当中。俄罗斯画家萨姆·格拉诺维奇在这圆顶建筑物顶上大喊："我是天才！我是天才！"

他穿着牛仔服，在街区的咖啡馆里逛来逛去，戴着一顶凹凸不平的宽边帽，穿着方格衬衣，脚蹬带鞋刺的靴子——后人们都记得他用自己的作品换来的大胆装束。

那个印度人又是谁？他自称是卡普塔拉①土邦主的表弟，天天晚上狂欢，一瓶瓶地喝香槟，让"蜂箱"里的那些穷画家目瞪口呆。

阿尔弗雷德·布歇自豪地带领一大群权威人士来参观他的"蜂箱"园，领队的是负责美术的副国务秘书，拐过一条小路，他瞥见草坪上有一对男女，穿着亚当与夏娃的衣服，正在丹齐格胡同的伊甸园里玩耍，那时，他又能说些什么呢？

也有一些人比较可疑，布歇把他们叫做"熊蜂"，很快就从"蜂箱"里被赶走了。

在最早的房客当中，有个叫让-拉乌尔·肖朗-诺拉克的，他和马蒂斯、马尔盖和鲁波一样，是居斯塔夫·莫罗的学生……他于1903年离开浣衣舫，来圆楼租了一个画室。他为自己参加了"蜂箱"的开张庆典而自豪；轻浮的费尔南是1900年从诺曼底老家来的，1908年，他将和雕塑家雅克·里普切兹、约瑟夫·恰基和亚历山大·阿尔奇潘科成为首批房客；1910年又来了马克·夏加尔和奥西普·查德金，1911年是雷翁·因登鲍姆，1912年亨利·爱泼斯坦、伊萨克·多布林斯基、亨利·劳伦斯、米歇尔·基可因和阿美迪欧·莫蒂里安尼，1913年保尔·克莱梅涅、

---

① 印度西北部旁遮普邦的一个小城镇。

马克·夏加尔在"蜂箱"前

（上、右下）"蜂箱"旁边的屠宰场（1931）

切牛肉（油画，1923，苏丁作，现
存日内瓦小王宫博物馆）

迭戈·里维拉和哈伊姆·苏丁。

在《我的一生》中，夏加尔是这样回忆"蜂箱"的："当一个被人欺负的模特儿在俄国人的画室里哭泣，意大利人的画室响起了歌声和吉他声，犹太人的画室里争吵不断，我独自一人在画室里，面对着油灯。画室里全都是画和还没有成为油画的画布，或者不如说是床单、桌布、撕成碎片的睡衣。"

第一次世界大战爆发几年后，路易·内罗、雅克·延凯尔、雅克·夏皮罗、罗贝尔·库居里埃等画家也将居住在"蜂箱"的画室里。

在德占时期的黑暗岁月里，许多移民画家离开了蒙帕纳斯，或者被逮捕，然后被流放。有的躲藏在"蜂箱"里，生活在贫穷和恐惧之中，有的回到了丛林。附近沃吉拉尔屠杀场的屠夫们，利用"蜂箱"被遗弃的机会，占据了大部分空了的画室。他们强制推行严格的纪律，休息的时候要求绝对安静。这一措施与丹齐格路那些放荡不羁的艺术家们显然不相容。于是他们吓唬几个常常工作到深夜的画家：如果胆敢影响他们睡觉，他们便拿大大的屠宰刀进行威胁。

巴黎解放后，"牛肉佬"也离开了，画家们重新回到"蜂箱"里来工作，如保尔·里贝罗尔和欧内斯特·皮格诺。今天，画室里住着50多个来自各个国家的画家，自1970

年翻修之后，画室舒服多了。

1967 年，阿尔弗雷德·布歇的继承人决定把这一地方转让给一个房地产公司，结果在艺术界引起了公愤。在马克·夏加尔的领导下，成立了一个保卫"蜂箱"委员会，造型艺术领域里最著名的人物都参加了。他们的任务是筹集一个相当大的数目，165.6 万法郎，这是业主的要价。大家先是凑了 69 幅作品用来拍卖，其中包括名气很大的画家和雕塑家的作品。在雷姆斯和洛兰先生的槌子底下一锤定音，拍得 64 万法郎，还差 100 万。

塞杜家族的勒内和热内维埃夫本来准备为改造蒙马尔特的浣衣舫筹 100 万法郎，但 1970 年，一场大火烧掉了那栋古建筑，于是他们转而参加"蜂箱"的保卫工作。保护"蜂箱"委员会遇到的经济问题很让他们着急，他们决定把可支配的钱用来购买丹齐格路的地产，并要求政府部门把"蜂箱"划为历史遗址，后来如愿以偿。

艺术创作委员会主席贝纳尔·安东尼奥斯商谈和说情了三年以后，在先后担任过文化部长的安德烈·马尔罗、埃德蒙·米什莱和雅克·杜阿梅尔的调解下，一对热爱艺术的慈善家夫妇创造了奇迹，他们以佛罗伦萨艺术资助者的方式，让"蜂箱"避免了被毁的命运。

翻新工程由文化事务部、巴黎市政府和国库拨款，以改善大楼的状况：翻修圆屋；增添中央空调和现代厨房设备；造一座新楼梯，通达各画室；房间现代化；美化花园……

世纪初盛行的放荡不羁的流浪精神消失了，从此，"蜂箱"纳入行政管理的范围。入住的艺术家被设了门槛，要符合必要的条件和标准，以保持这个如今已成现实的旧日乌托邦的和谐。

蒙帕纳斯的蚁穴

除了"蜂箱"，蒙帕纳斯还有别的小院、胡同和马路聚居着画家和雕塑家。

这些房屋大部分都已经消失，在梅纳－蒙帕纳斯大工程中被推土机夷为平地了。法尔吉埃尔的小院，1913—1915年，苏丁、藤田嗣治和莫蒂里安尼在那里住过。那座所谓的"玫瑰别墅"，在灰墁的颜色没有变得这么可怜兮兮的时候，是木炭商迪尔舒女士的产业，她的商店就在法尔吉埃尔路口。

迪尔舒是个诚实的女人，她对交房租准不准时并不苛刻，但耐心毕竟是有限的，莫蒂里安尼老是漫不经心，常常违反规矩。她等得不耐烦了，决定把画家赶走。

但这个画家一无所有，只给她留下几幅画作抵押。据说有一天，那个可怜的女人把这个"蹩脚画家"的油画交给儿子，让他拿去修补床垫。几年后，当她发现那个意大利人的油画卖出了天价时，她后悔死了。

被拆掉以后盖了前卫的电影院"拉斯帕伊影院"（它后来也消失了）的拉斯帕伊大街216号，莫蒂里安尼住在一间画室里，旁边有一排玻璃框，排列在用粗砂岩建的一栋寒酸的屋子后面。

在一大堆石头中，他的门很好认。那些石头大部分都是从工地上顺手捡来的，作为原材料，先做毛坯，然后在布兰库西家里完成。布兰库西于1916年离开蒙帕纳斯路之后，仍待在自己在隆森胡同的画室里，直到1957年突然去世。

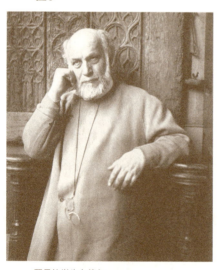

罗丹的学生布德尔

至于安托万·布德尔，他在梅纳胡同（今天，那条马路就以他的名字命名）与乔治·雷西蓬一同创作。雷西蓬是个雕塑家，大皇宫天花板上的四马两轮战车就是他的杰作（布德尔应该提醒过他，他的古代马车放反了）。那个画室直到 1929 年布德尔去世，一直被《射手赫拉克勒斯》的雕塑者所用。如今，画室已成博物馆，展出布德尔的大部分雕塑与绘画作品。

旧日的布拉尔小院，是个鲜花盛开的地方，画家舒芬尼克尔曾在这里接待过长途旅行回来的保罗·高更。第一次世界大战后，这里成了画家特雷科维奇的住宅。这位原籍俄罗斯的画家在那里画他的孩子们——花季少女——穿着带英式花边的旧式裙子。喝下午茶的客人们在散发着丁香与山梅花香味的小花园里，怀念某个时代快结束时，契诃夫《樱桃园》里的气氛。

朝着塔波尼埃将军别墅的第一战役路——他这样叫，是因为想起了 1793 年在维桑堡参加的第一场战役——住着克罗格夫妇佩尔和露西、莱纳·玛利亚·里尔克、摄影家欧仁·阿热、诗人路易·阿拉贡、艾尔莎·特里奥莱和曼·雷，而在约瑟夫–巴拉路，相邻住着基斯林、泽布罗夫斯基、萨乐蒙、爱尔弥娜、大卫、帕斯金和动物雕塑家伦布朗·布加迪——人们后来发现他吊死在自己的画室里。这些人，都是法伦斯泰尔主义者[1]，对于他们当中的许多人来说，在收成不好的时期，共同生活能带来不少快乐。

---

[1] 法国空想社会主义者傅立叶所幻想建立的社会基层组织，大家在一起共同居住和工作。

《驯兽女》(藤田嗣治，油画，创作日期不明，
现藏日内瓦小王宫博物馆)

藤田嗣治在工作

　　这些艺术家的住所与建在蒙帕纳斯传统区界以外的豪华小院没有任何共同之处。蒙苏里公园旁边的海关关员路，有德兰和藤田嗣治的公馆，与乔治·布拉克让建筑师奥古斯特·佩雷所建的房子为邻。布拉克一直在那里住到去世，而德兰则搬到了法兰西岛的尚布西。藤田嗣治被税务官追逼，陷入经济危机，只好回到他的祖国——日出之国。

好不快乐！

欢快路的蒙帕纳斯剧院

让人堕落的小酒馆和舞厅

　　这条布满舞厅、音乐厅、小酒馆，充满欢声笑语和歌声的路，不能不叫"欢快路"。在路易 – 菲利普时期①，当人们给它取这个名字的时候，博若莱白葡萄酒成桶成桶地流进那里的小酒馆，人们在那里大快朵颐，吃蜗牛、牡蛎和薯条。当时，这条路是从蒙帕纳斯栅栏通往克拉马的道

---

① 路易·菲利普 (1830～1848)，1789 年法国大革命爆发时，参加支持革命政府的进步贵族团体，1830 年七月革命后，被资产阶级自由派拥上王位，里昂工人起义期间，他平定了波旁王朝的残余和路易·波拿巴所策划的叛乱；1848 年他被迫逊位，逃往英国，隐居和老死于英格兰。

路中的一段。但人们走这条路更多是去娱乐，而不是去看克拉马的景观。舞迷们的烦恼只在于挑哪个舞厅：去位于一个院子角落的大象舞厅呢（乔治·桑有一天晚上在那里迷路了），还是去"四季"、"吃奶的小牛"、"野蛮"、"阿波罗沙龙"、"波兰美女"和争吵比它暴风骤雨般的音乐更著名的"格拉托"？

位于马路口的"里奇弗"，是一家四层的小饭馆，带平台，其服务方式非常古怪：菜单和服务的质量越往楼上走便越差。二楼，餐具包括桌布和餐巾，可以餐后付款；三楼就已经简单多了：付完餐费后，饭菜才会端上来，直接放在大理石的圆桌上；至于四楼的穷客人，只能满足于七拼八凑、不那么诱人的大杂烩了；而平台上的顾客，只给他们上一盘薯条、一块奶酪。这家饭店取得了巨大的成功，老板里奇弗父子赚得盆满钵满，抽身而退。

已经拥有格勒内尔戏院和蒙马尔特戏院的亨利·拉罗谢尔，他死的时候，位于欢快路的蒙帕纳斯剧院已经破旧不堪。1886 年，他的遗孀与阿特曼联手，建了一个有两百个座位的新大厅。"自由剧团"的创始人安托万一直在寻找戏院，他把自己的难处告诉了阿特曼。阿特曼友好地同意他的剧团每星期五，也就是放松休闲的日子来演出。

1887 年 11 月 11 日，安托万在那里演出了《塔巴兰的女人》（那是卡图埃尔·芒代斯写的一出戏，如今已被遗忘，

千柱商厦的名声可不太好

就像他的诗歌和戏剧著作一样），正厅后排坐着"戴鸭舌帽的小流氓"，他们肩并肩从千柱商厦而来。那个商厦名声不是太好，人们在那里吃饭跳舞，主要是偷看女人。那些女人穿着一直露到肚脐

的敞胸衣，跳着四人舞，下流地扭着腰肢。有个目击者称，有天晚上曾见到圣伯夫①（没有戴他的无沿圆帽）也混在人群中。那天晚上，《周一漫谈》的这个庄严的作者也堕落了，忘了跟阿黛尔·雨果的地下恋情？

　　1933 年，一个名叫康斯坦的人在"舞女"舞场原址开了千柱商厦。这家以色情、嘈杂的杂耍演出而闻名的舞场，由于太伤风化被查封了，那里的女士们除非加长裙子、扣上胸衣的扣子，警方才会允许它重开。

　　接替阿特曼成为"蒙帕纳斯剧院"经理的是拉罗舍尔的儿子和女婿，他们压根没能让剧院的娱乐多样化（音乐会、电影放映等）。1930 年 10 月 13 日，加斯东·巴蒂到来之后，欢快路的演出才恢复了它在巴黎戏剧大舞台的地

---

① 夏尔-奥古斯丁·圣伯夫（1804 ~ 1869），法国作家、文艺批评家，曾在巴黎高等师范学校任教，他作为批评家的名声在第二帝国时期达到顶峰。他与雨果交往过密，爱上了雨果的妻子阿黛尔。

位。费尔曼·热米埃昔日的这位助手，在13年当中，排练、改编和上演了丰富多彩的保留节目。1943年他主动离开后，忠实的女演员玛格丽特·雅莫阿接替了他，并在演出海报上加上了加斯东·巴蒂的名字。她成功地把让·阿努伊、斯泰夫·帕瑟、乔治·内弗等人的作品搬上了舞台。她去世后，购得此剧院的拉斯·斯密特任命热罗姆·于洛为艺术总监，1985年，后者掌握了欢快路这家最大剧院的命运。现在，剧院的经理是米里安·德·科隆比。

1896年，已经是巴黎音乐会经理的乔治·多弗伊，在"欢快–蒙帕纳斯音乐会"上安装了电灯：这是一件大事。每天晚上，大家都来到"欢快路"为咖啡音乐会的美丽花朵鼓掌：伊韦特·吉贝尔、李丽安娜·戴斯蒂、玛丽娅·帕克拉(帕克拉音乐会创始人的女儿)、弗拉松、波林、达南、马约尔……

"1908年前后，每年两次，"科莱特写道，"我的朋友们，乔治·瓦格、克里斯蒂娜·克夫和我，我们一起去'欢快–蒙帕纳斯剧院'看哑剧——出于敬意，我们都把那里说成是：去多弗伊先生那里。"

幕间休息时，观众四散到马路上或附近的咖啡馆里，热情地欢迎穿着演出服的演员们从出租马车里出来，他们还来不及卸去前一场的化装。17岁的莫里斯·谢瓦利埃和19岁的乔治在那里受到了大家的喝彩。

最为成功的是年底的演出:《哦，希丝!》《是基夫 –
基夫!》《把那里搞空!》《她们要这样，她们想这样!》，
这些歌名可以让人清楚地想象到那些节目的性质。

解放后，迪兰的旧学生阿涅丝·卡普里在这个已经成
为"欢快 – 蒙帕纳斯剧院"的舞台上演出了一些非常优美
的音乐剧、歌曲独唱会或诗歌朗诵会。欧第贝尔蒂的第一
个戏《夸特 – 夸特》就是在那里演出的。格勒尼埃 – 于瑟
诺的公司与雅克兄弟合作，演出了根据保尔·魏尔伦和儒
勒·拉福格的文字改编的《滑稽表演》和诗人莫里斯·丰
伯尔的《杀手奥里翁》。罗歇·维特拉克的戏剧《维克多掌
权的孩子们》，1929 年曾在香榭丽舍喜剧院偶尔演出，引
起不少争议，这次也成功上演了。塔诺斯、克里斯蒂娜·青
格斯、罗歇·布兰、米歇尔·法加多相继成为"欢快 – 蒙
帕纳斯剧院"的经理。1983 年，尼科尔·夏尔芒屡获成功，
尤其是田纳西·威廉的《谁杀死了维吉尼·伍尔夫》。此后，
剧院由路易·米歇尔·科拉担任经理。

位于蒙帕纳斯大街 75 号一条胡同尽头的"袖珍戏院"，
似乎并没有受到周围多放映厅的大影院影响。那栋楼的楼
上原先有苏丁和派克尼的画室。1943 年，60 个位置的小剧
场建成后，让·维拉尔在那里上演了他最初的戏剧。今天，
勒内·德尔马 – 比埃里以阿维尼翁戏剧节的创始人为榜样，
尽管场地狭小，仍然安排戏法表演。

苏丁在他的画室前

街头艺人鲍比诺！鲍比诺！……

"鲍比诺"是街头杂耍里一个小丑的绰号，这些戏在弗洛里路和夫人路交会处的一个木棚里演出和表演。这家小小的"卢森堡剧院"创办于 1816 年，1867 年消失，街区的客人们常去那儿看戏。

街区的客人们常去卢森堡剧院看戏

1873 年，费尔南·施特劳斯接管了欢快路的一家简朴的戏院，给它取了一个名字，叫"疯狂的鲍比诺"，暗指夫人路的街头艺人。这是一幢狭窄的房子，350 平方米，加上一个咖啡馆。剧院四周有个专供抽烟者使用的散步道。在表演空中杂技和黄色展览的间隙，有些满是下流台词的幕间小剧用来活跃气氛。

施特劳斯的生意做得并不成功，他把剧院让给了许多经理人，他们也并不见得比他更行，无法把在欢快路上闲逛的人吸引到剧院里来。1894 年，新经理里香倒做得还不错，这个吝啬鬼在演员们的报酬方面很小气，并且限制他们喝咖啡的杯数，能省就省，最后赚了钱。1901 年，他关门 5 个月，重新建修大厅。小酒吧被拆掉了——但新大厅的扶手椅上将加上小桌板，用来放酒杯——以扩大舞台的面积。节目单上常常出现非常诱惑人的文艺演出和表演。

1912 年，他退出生意时，戏班班主接替了他，招收了许多名演员，如阿贝尔·布拉瑟尔、加里波、雷米、德马克斯、福舒瓦、斯皮内里、卡西夫……它不再叫"疯狂的鲍比诺"，而是叫"鲍比诺戏院"。

1913 ～ 1914 年，人们甚至还在那里演出了一些经典剧作家如莫里哀、拉辛、博马舍等人的作品。在公众的要求下，继《无病呻吟》、《费德尔》和《塞尔维亚的理发师》之后，也举办了费里克斯·马约尔、蒙泰于斯和乌弗拉尔的独唱音乐会。"鲍比诺"成了巴黎最著名的音乐厅之一。

20 年代，蒙帕纳斯的电影院开始设小厅房，对"鲍比诺"的生存构成了威胁。一个从事剧场开发的大公司购买了"鲍比诺"，把它改造成一个舒适的音乐大厅，安装了现代化的机器设备。

1927 年 10 月 14 日开张的新"鲍比诺"与旧"鲍比诺"

已经不可同日而语了。红幔降幕，金碧辉煌，大厅虽然低矮，却很宽敞，一面面镜子给其华丽的背景增添不少光彩，使其成了巴黎最大的音乐厅。人们到这里来为达米亚、弗洛莱尔、伊韦特·吉贝尔、乌弗拉尔、阿里贝喝彩。1928 年 12 月的一个晚上，年轻的费尔南德就是在这里起步的。

米蒂·格尔登几次想把"鲍比诺"改成电影院都没有成功。1934 年，他成了剧院的艺术总监。这位"A.B.C"音乐厅未来的创始人在那里组织表演了现代轻歌剧《在巴黎的四天》、《懒得要命》等。

著名演员苏齐·德莱

这里让许多艺术家获得了成功，如 1931 年的费里克斯·马约尔；1934 年的夏尔（特雷内）、约翰尼（海斯）和米瑞伊；1935 年的蒂诺·罗西、乔治、丽达·克莱尔；1936 年的让·卢米埃尔、皮尔斯和塔贝；1939 年的强哥·莱恩哈特和法兰西"热情"俱乐部的五重奏，以及苏齐·德莱、让·特朗尚；1939 年的埃里娅娜·塞里斯的（《白雪公主》）和丽娜·凯蒂。

德占时期，人们来此为盖塔里、乌弗拉尔、尼古拉、克拉沃、布朗

"鲍比诺"里的舞蹈

什、里戈、默里斯、皮娅夫、夏皮尼和布兰卡托等人鼓掌。之后，前来接力的是阿兹纳武、布尔维勒、雷诺、"歌伴"组合、里夏尔、萨尔瓦多、贝阿尔、布雷尔、费雷、布拉桑，以及战后所有的明星。

　　布拉桑和布雷尔几乎每年都到这里登台演出，格莱科、德沃斯、雷纳尔、努加罗、帕塔苏、穆塔基等人也同样。1963年2月，病中的艾迪特·皮娅芙最后一次在巴黎登台就是在"鲍比诺"，次年11月，这位"歌仙"就去世了；

也是在那里，约瑟芬·贝克1975年3月最后一次公开露面。

随着电视节目越来越丰富多彩，音乐厅的生存受到了威胁。如果能够在自己家里，在小屏幕上欣赏到大明星的歌唱和表演，又何必费事外出呢？观众态度的改变让传统的音乐大厅失宠了。

"阿尔罕布拉宫"、"A.B.C"和"欧洲人"（现在已成为戏院）就是这种情况。1984年，"鲍比诺"被拆了，原址上盖了一栋现代化的酒店，地下有个新大厅。垂死者被活生生地埋葬了。

地下大厅的经理菲利普·布瓦尔判了"鲍比诺"一个缓期。眼下，一些具有异国情调的芭蕾舞，比如《一个人的演出》，还能让蒙帕纳斯的旧音乐大厅得以维持。菲利普·布瓦尔在那里公开录制电视娱乐节目。那些笑声不能不让欢快路越来越寂寥。

在欢快路17号，乔治·斯特雷勒昔日的助手阿蒂里奥·马朱里及其剧团，让意大利喜剧院保持了即兴剧的传统。卡罗·哥尔多尼[1]戏剧中的传奇人物，阿莱奇诺、老

---

[1] 卡罗·奥斯瓦尔多·哥尔多尼（1707～1793），意大利剧作家，代表作有《一仆二主》、《女店主》和《老顽固们》。他曾对喜剧进行改革，遭到各方压力，但伏尔泰等人坚持支持他。1761年，他接受邀请，到了法国，原来只想在法国待两年，但对巴黎的喜爱让他一直在那里待到去世。法国大革命前夕，他的薪俸被取消，一只眼睛失明的他在穷困潦倒里度过了余生。1793年法国议会决定归还他的薪俸，但就在前一天，他离开了人世。

庞塔罗内、普西内拉、斯卡拉穆奇等，经常出现在欢快路
的这个舞台上，他们的戏或讽刺或虚幻，充满了神奇色彩，
给观众带来了欢笑和惊喜。

埃德加－吉内大街的"埃德加咖啡馆"和欢快胡同的"大
埃德加"（对埃德加－吉内这个严肃的历史学家太不尊重了）
捍卫着"咖啡－戏剧"的精髓，科鲁彻、罗曼·布代伊和
庙宇路"咖啡馆"的其他一些人就是在那里成名的。在梅
纳路 15 号，"蒙帕纳斯小窗"也演出一些极为独特的小戏
剧和诗剧。

《蒙娜丽莎》去哪了？

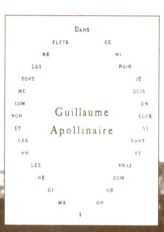

阿波里奈尔

男爵夫人的巴黎

安德烈·萨乐蒙在《无尽的回忆》中清楚地写道,《巴黎之夜》文学杂志是他跟比利和图德斯克于1911年创办的,以帮助在《蒙娜丽莎》被盗案中因受牵连而被囚的阿波里奈尔从极其消沉的精神状态中恢复过来。

1911年8月22日,《蒙娜丽莎》从罗浮宫博物馆大画廊显眼的小展台上消失了,两年后,1913年12月13日,盗贼维琴佐·佩鲁贾想把它卖给佛罗伦萨的一个古董商,结果被抓。在把这幅名画归还给罗浮宫之前,意大利博物馆在佛罗伦萨展出了该画,16世纪初,莱奥纳德·达·芬奇就是在那座城市创作它的。阿波里奈尔的秘书杰里 – 皮埃雷,一个滑稽而放肆的比利时年轻人,曾让毕加索从他那儿买走了他于1907年从罗浮宫偷来的两个西班牙罗马

战争中回来的阿波里奈尔

风格的小雕像。1911 年夏，他又缺钱了，便拿了也是偷来的第三个小雕像给阿波里奈尔看。阿波里奈尔劝他归还给罗浮宫。这时，他冒出一个念头，想委托阿波里奈尔任职的《巴黎日报》来归还。毕加索预感到，杰里 – 皮埃雷卖给他的小雕像，就像神秘地归还给罗浮宫的那个小雕像一样也是偷来的，不由自主地担心自己会成为窝藏犯（他的朋友阿波里奈尔也同样）。于是，两个朋友达成协议，决定尽快摆脱这一麻烦，他们也学杰里 – 皮埃雷的样，如法炮制，委托《巴黎日报》把那两个小雕像归还给罗浮宫。

就在这时，一封来信从比利时寄往罗浮宫博物馆，那个有点神经兮兮的杰里 – 皮埃雷——他署名为伊尼亚斯·多尔梅尚男爵——不但指责自己偷了小雕像，还承认偷了《蒙娜丽莎》。

阿波里奈尔被怀疑是同谋，9 月 7 日遭到逮捕。报纸上出现了这样的标题：《达·芬奇的名画是一个 32 岁的波

兰作家偷的，名叫科斯
特洛维茨基，但他的笔
名'阿波里奈尔'更为
大家熟知，他为牟利而
写的色情作品就署这个
名字》。警方认为他是
一个国际走私集团的头

毕加索和《蒙娜丽莎》

目，尽管毕加索表示抗议，说那是在世的最伟大的诗人。
毕加索获得了自由，但被控参与偷盗了《蒙娜·丽莎》。
杰里－皮埃雷从报纸上得知阿波里奈尔被捕的消息后，写
信向警察局自首，想还诗人和画家以清白。几天后，他们
在法庭上对证，很快就被释放了。

阿波里奈尔在朋友的欢呼声中出狱了，但忧心忡忡，
无所适从。他相信报社的编辑部将永远对他关门，经过这
一事件，他的艺术专栏将失去信誉。

《巴黎之夜》杂志将帮助他重新回到画廊，继续进行有
利于现代艺术的活动。

在他被囚禁的那个星期里，他在格罗斯路的家被警察
罗贝尔搜查了一次。罗贝尔被认为是警方最精明的侦探之
一，他检查了诗人的大量信件。女友的小纸条，与诗人、
画家、报社主编的通信，都被这个长着灰白大胡子的著名
侦探认认真真地读了个遍，并贴上标签，分门别类。

阿波里奈尔不无幽默地对朋友们说："没有罗贝尔上士，我的信件永远不会有人整理。"

"玛丽小姐，我要去罗浮宫，您不需要点什么吗？"有时，喜欢献殷勤的杰里－皮埃雷会这样问跟阿波里奈尔同居的玛丽·洛朗森。诗人的这个伴侣是否能想象得到，这不是去大商场，而是去法国的国家博物馆？

在这之前，阿波里奈尔参加一切有利于时代艺术的战斗。撰写文章、作讲座、主持讨论会，他来来回回，胳肢下夹着厚厚的书和报纸。

1912年年初，仍因关押而身体虚弱的阿波里奈尔又遭玛丽·洛朗森的抛弃，一蹶不振。此时，《巴黎之夜》对他重振旗鼓无疑是必不可少的。

阿波里奈尔引领着前卫运动，但他的热情，尤其是对立体主义的热情，得不到安德烈·比利的赞同。《酒精集》的作者在《巴黎之夜》发表了一篇文章，题为《论现代绘画的主题》，其革命性的语言吓坏了一些读者，他们纷纷要求退订。

1913年，比利不愿再主编这本杂志。于是，阿波里奈尔转向一些不仅赞同他的观点，而且能发表这些观点的合作者，后者以200法郎收购了刊名。

埃莱娜·多廷根男爵夫人既是画家，又是作家。她在"独立者沙龙"展出了她署名为弗朗索瓦·丹齐布尔特的作品，并以莱奥纳德·皮厄为笔名写评论和小说，以罗克·格莱为笔名写诗歌。她的哥哥塞尔热·贾斯特勒佐夫是个很有文化修养的人，以塞尔热·费拉为笔名画画，并跟维庸兄弟一道成立了"黄金分割"艺术家联盟。兄妹俩资助《巴黎之夜》后面几期的出版，最后一期已经弄空了杂志的钱箱。

多廷根男爵夫人经常在她位于拉斯帕伊路 278 号的漂亮公寓里组织聚会，嘈杂得很。有的人支持立体主义，有的人支持未来主义。塞维里尼、索菲西、奇里科与毕加索、莱热尔、莫蒂里安尼、基斯林、诗人雅可布、歌手桑德拉尔和雕塑家查德金形成了两派。1913 年 11 月 15 日，阿波里奈尔出版了《巴黎之夜》第 18 期，这一特刊有毕加索

基斯林和藤田嗣治在"圆穹"

海关官员亨利·卢梭，法国后印象派画家

的 5 幅作品，有油画，有浮雕，这是真正的立体主义作品。在同一期，还有他关于"秋季沙龙"的文章。他在文中重申，他喜欢马蒂斯的作品，并且抨击未来主义。作为一个重要的组成部分，后面紧跟着男爵夫人署名为罗克·格莱的一首诗。

最后 40 个订户，面对他们认为是挑衅闹事的诗文和绘画，也放弃了这本杂志。

但男爵夫人并没有那么容易就被打倒，在征得阿波里奈尔的同意之后，她又在准备新的一期，主题是亨利·卢梭[1]。1914年1月15日，杂志出版，内有那位海关关员写给阿波里奈尔的许多信，正是阿波里奈尔使他出名的。最后一期出版于1914年七八月间，主题是辐射主义[2]画家娜塔丽·冈察洛娃和米凯尔·拉里昂诺夫。

这份杂志将很快找到新的读者，获得国际性的反响，直到战争阻碍了它的出版。

---

[1] 亨利·卢梭（1844～1910），法国后印象派画家，以纯真、原始的风格著称。他曾在海关当收税员，是自学成才的天才画家，其作品具有极高的艺术水准，代表作为《梦境》《沉睡的吉普赛人》等。
[2] 辐射主义存在于1911～1914年，它使用平行和交错的色线在画面上表达"光的滑动所造成的超时空感觉"以及"可称为'四维空间'的印象"，拉里昂诺夫将辐射主义看作是立体主义、野兽主义和俄耳浦斯主义的综合体。

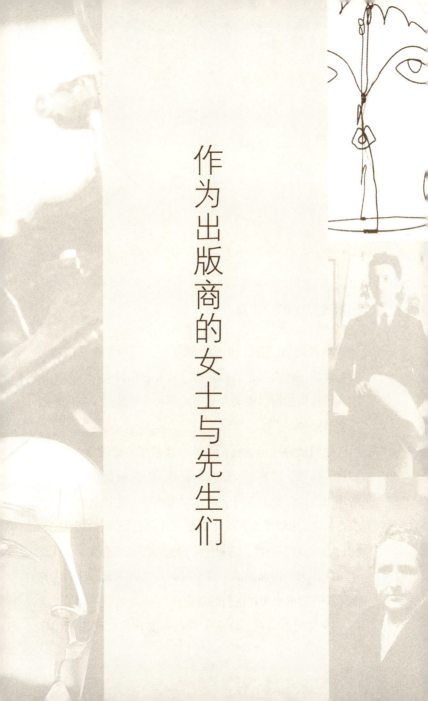

作为出版商的女士与先生们

出版或女士们的幸福

20世纪20年代，出版小册子和书籍成了在法国的英美妇女的一件大事，她们觉得巴黎有创作自由，那是美国的那种狭隘的清教主义和英国的那种严格的等级制度绝对不会鼓励的。

她们精力充沛，喜爱文学，摆脱了资产阶级的义务，解放了性别，巴黎对她们来说，是无拘无束地工作与生活的理想之地。她们支持美国作家逃离让人感到窒息的书刊检查制度，出版了许多英文杂志：《小杂志》《流亡》《这是》《引渡》等许多刊物，这对于了解大西洋彼岸的文学，认识这一代作家的作品是必不可少的。将来有一天，他们将充满荣誉和辉煌出现在她们的杂志里。

19世纪的时候，许多美国画家和作家已经出于同样

比奇和乔伊斯在莎士比亚书店

比奇和海明威在莎士比亚书店门前

的原因在蒙帕纳斯生活和工作了。1918 年签订停战协议之后，取得了胜利但缺乏活力的法国发生了喜人的变化，美国人得益于这种变化，以低廉的价格在这里过着自由自在的生活。对他们来说，巴黎是个伊甸园，散发着酒味和女人的香味。

　　西尔维娅·比奇在亚德里安娜·莫尼埃的帮助下，和南希·丘纳德、格特鲁德·斯坦、爱丽丝·B.托克拉斯甚至还有卡莱斯·格罗斯，投入到多少有点冒险的出版事业中，她们当中有的人致力于为英美文学争光。

T.S. 艾略特在作品朗读会上（莎士比亚书店，1938）

在奥德翁路 12 号的一家小书店——"莎士比亚公司"里，不但聚集着作家和翻译家，而且也有常常来跟着娜迪亚·布朗热[①]学习的音乐家和作曲家。萨蒂和格什温、米约和托马逊也在这里结下了友谊。西尔维娅·比奇的书店

---

① 娜迪亚·布朗热（1887～1979），法国女音乐教育家、作曲家、指挥家，出生于巴黎的一个音乐世家，奶奶茱丽·茉莉是音乐家，爷爷弗雷德里克是大提琴演奏者，父亲恩斯特·布朗热是罗马大奖得主，母亲茉莎·穆歇兹卡亚是俄国公主，妹妹莉莉·布朗热也是著名作曲家。她本人从事过作曲，其《美人鱼》曾获罗马大奖第二名，但她主要以音乐教师著称，1907 年开始执教，20 世纪的许多著名音乐家都出自她的门下。

西尔维娅·比奇在书店里接待詹姆斯·乔伊斯

是所有美国艺术家来巴黎的必经之地，也是法国和美国友谊的中心。1921年夏，西尔维娅·比奇接待了詹姆斯·乔伊斯，后者忧伤地告诉她，他的小说《尤利西斯》在美国出版的事还没有着落。《小评论》连载了两期小说片段之后刚刚停止，因为小说被美国书刊检查机构以淫秽为由查禁了，杂志的负责人被送上了法庭。西尔维娅·比奇以业余爱好者那样的坦率，当即建议他在巴黎出版《尤利西斯》。乔伊斯先是感到吃惊，后来向她表示感谢，同意了。

她毫无经验，无私，顽强，从不气馁，投入了工作，花了好多年才出版了此后被当作是20世纪文学的杰作之一

的作品。在这历险过程
中，奥德翁路 7 号的女邻
居，"书友书店"的亚德
里安娜·莫尼埃（后来将
出版译自法语的书）一直
给她以友谊，帮了她很大
的忙。

比奇和她的书店（1936）

这个西尔维娅·比奇是何方神圣？巴黎文学界的人都
在问。这个疯狂地闯入出版界的年轻女子来自何方？她回
答说，她出生于新泽西州的一个家庭，家中出了 9 个牧师。
这种家庭背景似乎不会让她成为一个出版当时被认为是色
情作品的人——她是 1915 年到巴黎的，来学习法国文学。
有人预测（这太快了一点），她将专门出版色情作品。不对！
他们到她书店里见过她之后，很快就会发现自己错了。她
穿着一条长裤，黑色的丝绒背心，白色的翻领上系了一个
蝴蝶结，像个同性恋女教师，这让大家对她严肃而清新寡
欲的道德品质不再怀疑。

儒勒·罗曼是 1917 年遇到她的，发现她长着一张圆脸，
脸色红润，眼珠是绿色的。他说，她为文学服务就像家里
的其他人决定为宗教献身一样。他觉得她的声音威严而迷
人，说话很认真，很清晰，很动听，充满了自信。

经过无数磨难之后，西尔维娅·比奇在 1922 年到

"书友"书店的莫尼埃在整理图书订单

诗人阿拉贡在莫尼埃的书店

瓦莱里（中）在莫尼埃的书店朗读自己的作品

比奇、莫尼埃和乔伊斯（莎士比亚书店，1938）

1923 年出版了《尤利西斯》。她给美国的朋友们寄了一些书，但被烧毁了。可她执着和精明，通过五大湖地区，成功地把一部分书寄到了美国，这些非法入境的书通过芝加哥到达了目的地（直到 1933 年，《尤利西斯》才被正式允许发行）；在英国，它当即就被海关查扣了。据说，《尤利西斯》之所以能在法国出版，是因为第戎①的达朗蒂埃印刷厂里的人一点都不懂英文。先后出版的版本都套着莎士比亚作品的护封。西尔维娅·比奇采取这种方式，转移了过于腼腆的人的注意力，没有再引起什么麻烦，但围绕着这本著作，后来风波不断。

《尤利西斯》是西尔维娅·比奇出版的唯一图书。这本书获得成功后，莎士比亚书店有限公司（有人把它叫做奥德翁的斯特拉特福②）——如同"书友"一样，对崇拜那位爱尔兰作家的人来说，成了巴黎第六区的文学圣殿。这

---

① 法国地名。
② 斯特拉特福，莎士比亚的家乡。

两家书店似乎成了文化中心，全世界的作家都到这里来聊天和阅读文学杂志，接收信件。

格特鲁德·斯坦，弗洛里路 27 号一个不苟言笑的女神，充满智慧，给人以创作灵感。她常常这样告诉来访者："美国是我的祖国，巴黎是我的家。"

格特鲁德·斯坦，弗洛里路 27 号一个不苟言笑的女神

她在美国出书也遇到了一些困难，于是决定自己来搞出版。1927 年，她与朋友爱丽丝·B. 托克拉斯成立了一家出版社。为了筹集这家新公司的资金，格特鲁德·斯坦卖掉了她所收藏的两幅画。她的藏品包括布拉克、海关关员卢梭、毕加索、马蒂斯等人的作品。她以 1.2 万美元的价格把毕加索《骑马的少女》和《摇扇的女人》（价格不详）卖给了美国的一个美术爱好者，平原出版社由此诞生。

格特鲁德·斯坦并不比西尔维娅·比奇对出版界更了解。关于这一点，她后来在《自传》中写道："我所知道的一切，就是先把书印出来，然后发行掉，也就是说卖掉。"

从巴黎给美国的书店供书，并不像她想象的那么容易。自她出版的第一本书《露西高兴做礼拜》开始，困难就接踵而至。她要第戎的达朗蒂埃印刷厂报价，西尔维娅·比奇印刷《尤利西斯》时对价格感到很满意，她却觉得太高了。最后是梅乘路的联合印刷厂给平原出版社印了第一本书。紧接着又出版了《如何写作》，是达朗蒂埃印刷厂印的，这次，它接受了斯坦女士关于装帧的强制性条件。印书的困难和美国评论界的冷漠反应让这些女士继续出书的热情遭到了打击。由于经营效果不佳，平原出版社于1932年停止了出版活动。

这对伴侣强烈反美，只在1934年回过美国一次。那是在斯坦的《爱丽丝·B.托克拉斯自传》取得闪电般的成功之后，去作巡回讲座。58岁的时候，格特鲁德·斯坦终于在自己的国家获得她期待已久的文学荣誉。美国似乎不再因她移居巴黎而怀恨在心。

《爱丽丝·B.托克拉斯自传》(1933)、《自传》(1937)和她1946年时候才出版的《事本如此》是格特鲁德·斯坦的书店里卖得最好的书。比她多活20多年的爱丽丝·B.托克拉斯在进入拉雪兹公墓之前，一直在出版格特鲁德未出版的作品，并开始写自己的回忆录《不曾遗忘》。

朋友们都叫她波利，她是纽约银行家摩根的侄子哈利·格罗斯比的妻子。夫妻俩在欧洲生活了三年。他们自己写诗，自己出版。哈利在出版妻子的一本诗集时，觉得波利·格罗斯比这个名字出现在封面上太没有诗意，而她的真名玛丽也不见得好多少，最后决定选择"卡莱丝"这个名字——美国人的家庭不太喜欢这个名字，1925年1月，《黄金十字架》就以卡莱丝·格罗斯比为作者名出版了。

哈利和卡莱丝成立了水仙少年出版社，准备印刷自己的书。他们找了街区的一个印刷工，让他给他们的书排版。这个工人在下达出生与死亡通知书方面更专业，见这对美国夫妇竟然请他印书，当然感到很惊讶。他们给了他一些印制很漂亮的书当样本，让他从中获取灵感。

"可这样做很贵。"印刷工说。

"价格不是问题。"哈利和波利让他放心。

圣日耳曼德普雷的这个印刷工先后排版并印刷了哈利的《致卡莱丝的十四行诗》和《红骷髅》及卡莱丝的《染色的海岸》和《怪人》。

哈利·格罗斯比曾在法国参战，战争给了他巨大的影响。他孜孜不倦地读马拉美、兰波、于斯曼和爱伦·坡的作品。他的表兄瓦尔特·凡·伦塞拉尔·贝里（早就是巴黎人了）去世后，他继承了一个拥有8000册书的图书馆和马塞尔·普鲁斯特写给他表兄的一大摞信件，而这个表兄不过是《仿制与混杂》的受献词者。

格罗斯比夫妇1924年创办的黑太阳出版社相继推出了詹姆斯·乔伊斯、凯·博伊尔、D. H. 劳伦斯、阿尔特·克兰、罗贝尔·马克阿乐蒙的作品，只印刷几百本，献给"少数幸运者"。

哈利·格罗斯比让家里卖掉1万美元股票，告诉他们说，他和卡莱丝决定到巴黎过一种"疯狂而奇特的生活"。1929年年底，夫妇俩回到美国。哈利由于跟一个情妇签订了一个所谓的自杀条约而结束了自己的生命。卡莱丝则继续进行诗歌创作和出版活动。她以精装本丛书的形式出版了欧内斯特·海明威、威廉·福克纳、马克斯·恩斯特、卡尔·荣格、乔治·格罗斯、多萝西·帕克的作品。

还有一个女遗产继承人，南西·丘纳德，英国船主、"丘纳德航线"创始人的外孙女，20年代初，她也来到了巴黎。在美国知识分子的带领下，她经常出入"屋顶上的牛"酒吧，发表了一些诗歌，并迷上了路易·阿拉贡。丘纳德女士有一个夙愿：学习手工印刷。

她在巴黎实现了这个愿望。她用300里弗尔①买了比尔·伯德的"三山"印刷厂的设备，安装在诺曼底的一个农场里，就在雷昂维尔修道院旁边，一个离巴黎70公里的

---

① 法国古代计量单位，相当于半公斤银的价格。

南西·丘纳德是个印刷迷

小村。1928 年，她创立时光出版社（出版兼印刷），情人路易·阿拉贡给她当翻译兼经理。她雇了一个职业印刷工，莫里斯·莱维，让他教自己关于印刷的基本知识。

但老师与学生之间爆发了冲突。她坚信这个行当几天就可以学会，而老师则认为培养一个印刷工需要 7 年时间。差距太大了。

这时，有个朋友请她印刷关于"利帕里群岛的浮石工业"枯燥乏味的报告。这一令人厌烦的工作是个很好的练习，迫使她服从印刷行业的各种要求。

寄给查拉的明信片

超现实主义作品及其团体（上、下）

查拉，超现实主义领袖之一

　　她跟黑人爵士音乐家亨利·克劳德（蒙帕纳斯的一个名人）的关系闹得家里不得安宁，也让她更加关注美国的黑人事业。

　　她与超现实主义者安德烈·布勒东、勒内·克莱韦尔，美国作家埃兹拉·庞德、罗贝尔·萨乐蒙、珍妮特·弗兰纳，艺术家布兰库西、柯克西卡、奥里兹·德·查拉特的关系，让那些嘴巴恶毒的家伙到处散布谣言，说她最出名的艺术品是抄来的，而不是自己创作的。

　　南希·丘纳德跟卡莱丝·格罗斯比一样，后来出版了许多她喜爱的作家的精美小书，印数不多：埃兹拉·庞德、伊里斯·特里、路易斯·卡罗尔。1931年，她把出版社和印刷厂的设备转卖掉了，不再进行商业活动，专心创作《黑人》，一部855页、含有500张插图的书，并于1934年出版了该书。为了完成这项重大工程，她雇了来自三个大陆的150个人，大部分是黑人。

　　所以，在那个时期，蒙帕纳斯在出版美国作者的作品方面应该起了重要作用。经常跟这些作者打交道的著名文学经纪威廉·A.布拉德利，让大西洋彼岸的出版商接受了他们的大部分作品。至于他们的翻译作品，将在全世界引起广泛的兴趣。在欧洲，这种新文学不可能不影响新一代作家，其中包括萨特和加缪，当然，程度有所不同。

拉斯帕伊的绿与黑

"美国中心"绿色的年代

　　拉斯帕伊大街与蒙帕纳斯大街交会之后，继续前行，通往丹费尔－罗什洛广场，远远望去，巴托尔迪[①]的贝尔福狮子雕像栩栩如生。到了那个片区，商业网点就渐渐少了，也没那么热闹了，甚至有点田园风光，人行道旁种着两排大树。在这里，自从"拉斯帕伊影院"拆掉之后就没有任何电影院了，也没有什么咖啡馆，只有"艺术咖啡馆"和气氛热烈的"绿色的拉斯帕伊"，那是一家酒馆－饭店－烟草店，长期以来"依附""美国中心"，天气暖和的季节，

[①] 弗雷德里克·奥古斯特·巴托尔迪（1834～1904），法国雕塑家，纽约自由女神像的作者，其作品包括为纪念普法战争胜利而创作的大型雕像《贝尔福的狮子》、华盛顿的巴特勒迪公园中的巴特勒迪喷泉、纽约联合广场的拉法叶雕像等。

也会在阳光底下设个露天咖啡座。附近公墓和天主教收容所公园里的大树使大街两边看起来像是田园。人们猜测，高墙后，静寂的花园里，一定有些体弱多病的人在小步行走。

从 1934 年到 1986 年，"美国中心"位于谢弗勒斯路和"大茅屋"之间的 261 号，那栋大楼建在一座 18 世纪漂亮住宅的原址，弗朗索瓦－勒内·德·夏多布里昂曾住在这个花园的一间屋子里，他在那里栽种了大量的树木。"美国中心"石阶前的高大柏树受到了保护，一块 1932 年安放的牌子（"中心"建设完工的那年）详细说明了那棵黎巴嫩柏树是《墓外回忆录》的作者种的，并且在施工过程中得到了建筑师们的精心保护。

根据创始人迪安·弗莱德里克·比克曼的意愿，"美国中心"优先对"慈善院年轻的大学生"开放。1945 年重开时，"中心"主要为现代艺术服务，成了法国和美国在戏剧、舞蹈、爵士乐和诗歌方面前卫艺术的大熔炉。创始人提倡的宗教庇护精神结束了。1964 年，当第一部欧洲机遇剧[1]在那里演出时，穷人们就倒霉了。那场演出挺"猛"的，"疯马沙龙"俱乐部的脱衣舞女王后里塔·雷诺阿在戏中大跳脱衣舞。

"美国中心"是战后蒙帕纳斯的一个神秘之处，里面有

---

[1] 机遇剧，也称"偶发艺术"、"偶发剧"，这种新型戏剧要求观众主动参与，其关键元素是事先计划好的，但演员有时也会进行即兴表演，它消解了作品本身与受众的边界。

花园，有游泳池，有酒吧，曾被一群强权人物所用。他们竟能把一个受保护的遗址，一个不允许盖房子的地方，变成一个准备盖楼的地块。简简单单地汇出一笔款，生意就做成了，并且肯定会带来巨大的收益。

今天，夏多布里昂种的柏树倒映在大楼的玻璃幕墙上，那栋漂亮的大楼是建筑师让·努韦尔为卡蒂埃基金会的现代艺术中心而设计的。

至于美国建筑师弗兰克·格里设计的新的"美国中心"，它位于贝西花园里，面对着法国国家图书馆。

这个新的中心成了法国和美国前卫艺术的大熔炉。

已逝亲人的墓园

毗邻欢快路的蒙帕纳斯公墓，奇特地把欢乐与忧伤结合了起来，所以这个永远的安息地才给人那么多灵感吗？这里躺着那么多名人，他们给人更多的是回忆而不是忧伤。

1850 年前后，它的四周到处都是小酒馆、小舞场和小饭店，而旁边就是大理石店和殡葬铺。公墓很大，里面种满了树，有各式各样的墓碑，让参观者去辨认上面的碑文，考查他们的知识。肖沃－拉加德、亨利翁·德·彭塞、埃德加·吉内、皮埃尔·勒努凡、保尔·卡贝——这些法学家、历史学家、雕塑家和作家的名字已被淡忘，我们更熟悉的是勒内·卡森、亨利·马丁、康斯坦丁·布兰库西、奥西普·查德金、约瑟夫·凯瑟尔、西蒙娜·德·波伏瓦、让－保尔·萨特。

还有一些不出名的墓碑也引起了人们的好奇。有个坟墓雕塑了一个男人，一丝不挂，在跟同样也近乎赤裸的女伴道别。当墓碑即将在她头顶合上时，他给了她最后一吻。这一崇高的永别雕像原先竖立在卢森堡公园，后来因遭人投诉伤风败俗而移到了这里。它在公墓找到了自己的位置，人们低着头从它面前走过，那是最后诀别令人伤心的见证。

布兰库西在塔尼亚·雷切夫斯卡亚的坟墓上所作的《吻》，则用完全不同的方式来歌颂爱情：两个人在同一块石头很含蓄地拥抱。

皮雄夫妇的坟墓就要大胆多了，那种极现实主义的表现方式简直让人哭笑不得。皮雄先生穿着扣得整整齐齐的睡衣，坐在床上，在他自己发明的一盏灯的照耀下记账；皮雄夫人躺在他身边，戴着花边睡帽睡着了。在这个地方，一睡肯定就醒不来了。

作家、诗人、画家、雕塑家、演员、学者、音乐家、宗教人士、政治家、军事家，安息在这里的名人，简直可编成一部《死者名单词典》。公墓看门人会告诉你参观人数最多的是玛丽娅·蒙特、让－保尔·萨特和夏尔·波德莱尔的雕像。波德莱尔的墓碑上有个十字架，上面刻着雅

皮雄先生穿着扣得整整齐齐的睡衣，坐在床上，在他自己发明的一盏灯的照耀下记账；皮雄夫人躺在他身边，戴着花边睡帽睡着了

克·奥皮克[1]的名字。这个昔日的陆军少将，驻君士坦丁堡、马德里大使，受永远躺在他旁边的继子的痛恨。

---

[1] 波德莱尔的继父，他不理解波德莱尔的诗人气质和复杂心情，波德莱尔也不能接受继父的专制作风和高压手段，父子关系十分紧张。

后　记

新颖、崭新和现代的今天

要铲掉长期以来都是蒙帕纳斯美景的东西，房地产开发商可高兴了。当然，这个区的建筑从来就没有统一过，也没有明确的城市规划，但为什么这种又杂又大的新建筑，这种后曼哈顿的东西就能藐视曾是巴黎最艺术的街区之一呢？

梅纳－蒙帕纳斯塔俯瞰着整个巴黎，它高达209米，与埃菲尔铁塔互相呼应，共同霸占制空权。后希腊风格的加泰罗尼亚广场，出自西班牙建筑师里卡多·波菲的手笔，引起了激烈的争论。

从巴黎－蒙帕纳斯站（新车站，也是大西洋的大门）出发的高速列车，朝西而去，在奥斯特里茨车站接上来自西南铁路线的客人，然后以时速300公里的速度驶向芒斯、雷纳、南特、图尔、昂格莱姆和波尔多。在法兰西岛内，它们沿A10号高速公路走上一段，嘲笑停在圣阿努尔昂伊

梅纳－蒙帕纳斯塔俯瞰着整个巴黎

今日的蒙帕纳斯火车站

夫林缴纳通行税的汽车司机们。

现在，来蒙帕纳斯的更多是行色匆匆、急急忙忙的游客，而不是在露天咖啡座聊天的画院学生。幽默的亚历山大·布雷福尔曾抒情地说："我喜欢我的城市布满皱纹……希望能让它承认，它供老人休息的小广场很寒酸；它昔日的小村庄终于成了都市。"经过认真的去皱手术，蒙帕纳斯细小的皱纹不见了。这位老"的士"，就像他的同行阿贝尔·西莫南一样，如果还在世的话，很愿意拉着客人们穿行于这些大街，路边有带小花园的屋子，有破旧的画室群落。电影《温柔的伊格玛》中用球形玻璃杯喝红酒的"司机之约"酒吧已成为记忆。我们的这两个伙伴用方向盘来代替钢笔，在报纸和书籍中讲述他们在巴黎的经历，昔日的巴黎既挑剔又喧哗。

今天，蒙帕纳斯不必等待旧日复归了。几个还做此美梦的怀旧之人也别再指望还能见到已经消失的神奇事物。

返老还童治疗让这个街区完全失去了在那里洋溢了差不多一个世纪的浪漫气氛和国际风范。推土机不但铲平了小酒馆、小商铺，而且消灭了居民们的和蔼与友好。

在一个人口稠密的高塔下①建起了一个巨大的火车站，在一条不再除了快乐什么都没有的街道上出现了几家剧院，

---

① 指蒙帕纳斯塔，这是巴黎市中心一栋现代化高楼。

一个可以说是凄凉的十字路口，几家多厅房的电影院、咖啡馆和已经失去旧日光芒的旧饭店。在这诡异的物品清单中，这个在过去与将来之间左右为难的凄凉街区，明天也许会出现新的生命。

鸣　谢

　　非常感谢我的朋友安德烈·贝伊让我查阅了他写历史著作《再见吕西——帕斯金传奇》时所收集的资料。如今已不在人世的约塞特·海顿把关于她的丈夫——画家亨利·海顿的珍贵资料交给了我。卡洛琳娜·塔雄在我寻找资料的过程中也给予了我帮助。极其感谢我的朋友菲利浦给我提供了他取之不尽的藏书。至于一直关注我写作的皮埃尔·卡纳瓦乔，他对我表现出极大的友谊。

　　我曾求助于我的朋友、戏剧史家雅克·克莱比诺，求助于他的记忆和他的资料，事实证明我做对了。在此感谢他。

柳鸣九先生郑重推荐

出版：2016 年 1 月
定价：32.00 元

出版：2016 年 1 月
定价：32.00 元

出版：2016 年 1 月
定价：32.00 元

出版：2016 年 1 月
定价：32.00 元